조선의 알파걸

교과연계
사회 5학년 1학기 2단원 인권 존중과 정의로운 사회
사회 6학년 1학기 1단원 사회의 새로운 변화와 오늘날의 우리
중학 국어 2학년 6단원 깊고 넓은 이해(비상)

청소년 권장 도서 시리즈 13

조선의 알파걸

2023년 11월 17일 초판 1쇄

글 김백신   그림 유재엽
펴낸이 김숙분   디자인 김은혜·김바라   홍보·마케팅 최태수
펴낸 곳 (주)도서출판 가문비   출판등록 제 300-2005-60호
주소 (06732) 서울 서초구 서운로 19, 1711호(서초동, 서초월드오피스텔)
전화 02)587-4244~5   팩스 02)587-4246   이메일 gamoonbee21@naver.com
홈페이지 www.gamoonbee.com   블로그 blog.naver.com/gamoonbee21/
제조국 대한민국   사용 연령 10세 이상
주의 사항 종이에 베이거나 긁히지 않게 조심하세요.

ISBN 978-89-6902-650-7 43810

•책값은 뒤표지에 있습니다.
•잘못된 책은 구입하신 곳에서 바꾸어 드립니다.
•이 책의 내용과 그림은 저자와 출판사의 허락 없이 사용할 수 없습니다.
•이 책은 춘천시와 춘천문화재단의 후원으로 발간되었습니다.
 후원: 춘천시 | 춘천문화재단

조선의 알파걸

김백신 글 유재엽 그림

가문비
틴틴북스

초등학교 5학년 때. 나는 처음으로 새로운 세상과 마주쳤어요. 개울을 따라 한 30분쯤 걸어가면 나타나는 엄청나게 큰 학교로 전학하게 된 거죠. 전교생이라야 30명도 안 되는 분교에서 같은 학년이 100명도 넘는 학교로 왔다는 거. 그러면 뭘 해요. 아는 친구는 하나도 없는데.

키는 작아 맨 앞이고 두려움이 많아 저벅저벅 발걸음도 내지 못하는 나는, 늘 친구들 주변만 서성였어요. 무엇을 어떻게 해야 할지를 몰라 빙빙 돌며 꿈지럭꿈지럭. 게으름뱅이냐고요? 아니요. 그건 아니지만, 준비 운동이 필요하잖아요. 떨리는 가슴도 진정해야 하고 낯섦도 견뎌야 하고 부끄러움도 참아야 하고 또…….

그런 내가 조선의 알파걸을 만난 건 우연이 아니라고 생각해요. 소심한 나에게도 멋진 사람이 되고 싶은 꿈이 있었거든요. 어디서나 당당한 사람, 무서워도 참을 줄 아는 사람, 지루해도 조용히 기다릴 줄 아는 사람, 아무리 힘들어도 끝까지 이겨내는 사람, 실패해도 다시 일어서는 사람이 되는 거, 그게 내 꿈이라고요.

내 꿈의 모델이 된 강빈(姜嬪)은 정말로 멋진 분이었어요. 대문 밖으로도 나가지 못하는 조선의 여성으로 태어나 청나라의 인질이 되었어도 새로운 세상과 싸워 이긴 사람, 노예가 된 60만 명의 조선인을 구하기 위해 그 누구도 생각하지 못한 위험에 뛰어든 사람, 청나라에 우리 백성이 거할 '조선 땅'을 만들고자 했던 소현세자빈 강 씨.

오늘 나는, 민회빈이 회상하는 어린 시절로 여행을 떠나려고 해요. 함께 갈래요?

김백신

5

차례

1. 보부상 연화

"아기씨![1] 마님께서 부르십니다."

노을이 붉은 저녁이다. 얼음 조각을 떼어 동생에게 글자를 가르치고 있는 곳으로 순어미가 왔다. 어머니가 나를 찾는다고 했다.

"연화 왔지?"

순어미의 치마꼬리를 잡으며 내가 말했다. 나의 유모인 순어미가 싱긋이 웃었다.

"가자!"

동생의 손을 끌어당겼다. 뛰는 걸음으로 '다다닥!' 부엌을 지나자

---

1) 아기씨: 예전에, 신분이 낮은 사람이 지체 있는 미혼의 여자를 높여 이르거나 부르던 말.

연화의 목소리가 잠자리 떼처럼 빙~빙 마당을 떠돈다. 안채 마루에 가득하게 펴 놓은 물건을 조곤조곤 설명하는 소리다.

한쪽에 따로 놓인 물건들. 양초, 머릿기름, 은수저 한 벌. 멸치는 어머니가 특별히 주문한 것이라고 했다. 냄새가 으뜸인 향낭도 있다.

"어허~. 열다섯이면 시집도 갈 규수이거늘, 아직도 어린애처럼 뛰어!"

어머니의 말에 내 어깨가 움츠러드는 걸 보았는지 연화가 얼른 말을 돌렸다.

"이게 요즘 유행하는 꽃신입니다."

환한 빛이 도는 비단 꽃신이었다. 뾰족한 신발코에 연분홍 꽃 두 송이가 수 놓여 있다.

"아, 작약!"

내가 꽃 이름을 말하자, 연화는 기다렸다는 듯 내 발 앞에 신을 놓는다. 얼른 발을 밀어 넣었다. 아차! 발이 낀다. 하지만 눈을 뗄 수 없다. 연화가 부추겨서가 아니다. 그 신발은 정말로 예뻤다. 그뿐이 아니다. 꽃신이 나를 놓고 싶지 않다는 듯 단단히 내 발을 붙잡고 있다.

'흠흠!' 헛기침하고 치맛자락을 살짝 걷어 올리며 어머니를 바라보았다. 진분홍 작약 꽃신을 신고 나가면 나비도 날아들 것 같다. 벌을 쫓으려면 동동동 더 많이 뛰어야 할 것 같다. 신발 속의 발이 뛰고 싶어 안달이다.

"작아 보이는데 괜찮은 게야?"

어떻게 아셨을까? 가슴이 철렁! 그렇지만 고개를 숙인 채로 "예뻐요." 하고 대답했다. 엉뚱한 대답이었지만, 어머니는 더 묻지 않았다.

"필요한 게 더 없느냐?"

대답할 수 없었다. 얼른 이 순간을 피하고 싶었다. 이번에도 연화가 나를 구했다.

"이건 밀짚으로 만든 똬리²⁾입니다. 일곱 살짜리 아이가 만드는데, 하도 예뻐 가져왔습니다. 온 식구가 먹고사는 일이라……."

"에휴!"

일곱 살짜리 아이가 먹고살기 위해 일을 하다니, 허리에서 힘이 쭉 빠져나갔다. 어머니도 나와 같은 마음인지 연화를 향해 손을 내

---

2) 똬리: 짐을 일 때 머리에 받치는 고리 모양의 물건. 짚이나 천을 틀어서 만든다.

밀었다. 꽃신을 얼른 놓고,
내가 먼저 연화가 들고 있
는 똬리를 받아 들었다.

"꽃신보다 그게 나은 게야?"

어머니가 웃으며 말했다. 나도 어머니를 향해 웃어
보이며 손바닥 위에 똬리를 놓았다. 일곱 살짜리 아이가 살기 위
해 만들었다는 말 때문인지, 똬리가 가슴을 찡하게 울렸다.

동녘 밭에 밀 수확이 끝나면 나도 똬리를 한 번 만들어 보아야겠
다. 이처럼 예쁘게 만들어 보리라.

"이 사람 쉴 자리를 마련하게."

어머니는 해진 뒤에 손님을 내보내면 복이 따라 나간다고 철석
같이 믿는다. 어머니의 말에 연화가 벌떡 일어나며 인사했다.

"고맙습니다, 마님!"

"종일 걸어 피곤할 테니, 얼른 가서 쉬게."

연화는 어머니의 등 뒤에다 연거푸 절했다.

"야홋!"

크게 소리치진 않았지만, 나는 두 주
먹을 양 볼까지 올렸다가 가슴 아래

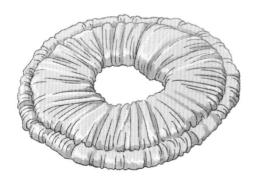

로 끌어내렸다. 이야기꾼 연화는 듣지도 보지도 못한 세상 이야기도 가지고 다닌다. 연화가 행랑채로 드는 날엔 이야기보따리도 함께 풀렸다.

순어미와 연화는 절친이다. 둘이 만나면 저고리를 바꿔 입는다. 체격이 큰 방물장수와 삐쩍 마른 순어미가 옷을 바꿔 입는 괴상한 광경. 옷이 작아 가슴이 불룩 튀어나오는 저고리를 입고도 연화는 덩실덩실 춤을 춘다. 헐렁한 옷을 입은 순어미도 모양새가 우습기는 마찬가지다.

"맞지도 않는 옷을 왜 바꿔 입고 그래?"

"히히, 하하"

둘은 마주 보고 웃기만 한다. 그러나 나는 연화가 걱정이다. 바느질을 잘하는 순어미야 저고리를 뜯어 몸에 맞게 꿰매면 될 일이지만, 연화는 옷고름이 겨우 닿는데 어쩐다? 종일 장사하러 다니는데, 옷고름이 툭 터지면 어쩌나. 가슴을 죄어 답답하면 어쩌나. 그래도 연화는 깔깔거린다.

연화는 본시 양반이었다는데, 보부상이 되었다고 한다. 가족 모두를 한꺼번에 잃고 혼자 남았다 했다. 그런 연화를 나는 무척 따랐다. 이유는 모른다. 연화가 오면 찰싹 달라붙었다.

저녁을 먹는 둥 마는 둥 행랑채로 뛰었다.

"오늘은 제주도 이야기를 해 드릴까요?"

연화의 이야기가 풀렸다.

"제주도는 우리나라에서 제일 큰 섬인데, 거기에 없는 것은 도둑, 거지, 대문이고, 많은 것은 바람, 돌, 여자입니다. 돌은 얼마나 많은지, 집집마다 돌담을 쌓고 살지요. 집을 지으려면 우선 돌부터 골라야 한답니다."

"돌이 왜 많은데?"

"제주도가 처음 생길 때, 바다 한가운데서 뜨거운 불이 불끈 터져 나왔답니다. 그때 생긴 산이 한라산인데, 꼭대기에는 불이 나온 자리가 움푹하게 파여 있답니다."

"땅에서 불이 왜 나와?"

"고변이지요. 세상천지가 다 불바다였다가 식어서 땅이 되었다는 말도 있지만, 본 사람은 없습니다. 제주의 돌은 불 속에 녹아 있던 온갖 것들이 터져 나와 굳은 것인데, 구멍이 숭숭 뚫려 있지요. 그래서 논은 없고 풀만 지천이랍니다."

"논이 없으면 쌀은?"

"아기씨는 귤이라는 과일을 보셨나요? 제주에서만 납니다."

"과일은 안 먹어도 그만이지만, 밥을 먹어야지?"

"돌 뿐이니 물이 고이지 않아 애초에 논농사는 어렵습니다. 대신, 날이 따뜻해서 겨울에도 풀이 잘 자란답니다."

"겨울에 풀이 자라?"

"예. 그래서 군마도 키운답니다. 말이 겨우내 풀을 뜯어먹고 살지요."

"오호~."

"말이 많아서 말총도 많이 납니다. 대나무처럼 속이 비어서 물속에 담갔다가 꺼내도 금방 마르지요. 여름에 베개를 만들어 베면 시원하지요."

"그럼, 뭐 해? 쌀이 있어야지!"

"예, 아기씨. 그래서 제주 사람들은 물건을 육지로 가지고 나와서 팔고, 그 돈으로 쌀을 삽니다."

"아, 다행이네."

"아기씨도 참. 그런데 제주의 물건은 가격이 천차만별입니다. 제주도에서는 말 1필이 20석인데, 나주에선 40석이고 한양에선 80석이랍니다."

"왜? 왜?"

"바닷길이 워낙 험해서이지요. 바다를 오가다가 사람과 물건이 한꺼번에 바다귀신이 되는 일이 비일비재하거든요. 제주도 앞 바다에는 물건을 가득 실은 채 가라앉은 배가 많다고 합니다. 물건을 건져 부자가 된 이도 있답니다. 운이 좋으면 금괴도 건집니다. 하하하."

"아짐은 제주도 가 봤지?"

나는 아무 데나 훨훨 날아다니는 연화가 부러웠다.

"실은 저도 가 보지는 못했고, 모두 들은 이야기입니다."

"왜 못 갔는데?"

나는 조금 실망했다. 본 것을 말해 주면 더 좋을 텐데 말이다. 제주도의 풀은 얼음 속에서도 자라는지, 꽃을 피우는지, 풀을 키우는 곳도 밭이라고 하는지 모두 궁금했다. 연화가 말했다.

"아직은 가 봐야 할 동리가 많아서이지요."

"어딜 그렇게 다니는데?"

연화가 대답하지 못하고 우물쭈물하더니, 어깨를 떨어뜨리고 웃었다.

2. 아이들 세상은 고고싱

"이건 꺾기!"

"우와!"

내가 손뼉을 치자 오빠가 춤을 멈추고 재빨리 검지로 입술을 톡톡 쳤다. 그런데도 나는 아랑곳하지 않고 소리쳤다.

"그 춤, 어디서 배웠어?"

"야, 조용히 해. 요즘 유행이야. 다른 애들도 다 해!"

"오호! 나도 가르쳐 줘."

"너한테까지 가르쳤다가는, 끽!"

오빠가 손을 펴서 목 언저리를 가로질렀다. 흥에 겨운 오빠는 오징어 춤이라며 팔다리를 칭칭 감기도 한다.

오빠의 춤에 보고 있자니, 내 몸도 꼬인다. 다시 "오빠!" 하고 소리쳤지만, 춤에 빠진 오빠는 들은 체도 안 한다.

"세상에 어디 좋은 것만 따르랴. 눈물 젖는 날도 있지. 따리 따리 쿵! 백성이 잘살아야 나라님도 잘살지. 이웃사촌 형님아, 형님아…… 봄 아가씨에게는 말도 건네지 말라. 따리 따리 거훗!"

"안 가르쳐 주면 내가 못 할 줄 알아? 따리 따리 쿵! 백성이 잘살아야 나라님도……"

"야야! 제발……"

내가 몸을 뒤틀자 오빠가 막아서며 노래만 가르쳐 주겠다고 한다. 백제의 서동요 이래 최고 인기곡이라며 싱글벙글.

슬쩍 눈을 감았다. 말은 안 했지만, 난 포기한다. 집 밖으로는 나가지도 못하는 여성으로 태어났는데, 건들건들한 춤은 배워서 무엇에 쓰랴. 노래나 배워 볼 참이다.

하지만 오빠가 말을 바꿨다.

"야. 밀밭 도랑을 건너면 나만 아는 개똥참외밭이 있어. 흐흐흐, 낙엽 썩은 거름에 참외가 주렁주렁. 우리 밭에 붙어 있어서 손대는 사람이 없어. 친구들과 내기할 참이야. 이 춤으로. 히히히, 개똥참외. 킥킥."

춤에 중독됐는지, 오빠가 다시 빨래 짜듯 몸을 비틀었다.

"춤 내기하는데, 개똥참외는 왜?"

내 말에 오빠가 장난기 이글이글한 표정으로 목소리를 낮췄다.

"있어. 남자들끼리 하는 놀이!"

"보나 마나 오빠가 1등. 거긴 보는 사람 없을 테니, 나도 같이
가!"

"아, 안 돼!"

오빠가 다시 멈칫.

"알았어. 알았다고."

그제야 안심이 되는 듯 오빠가 다시 춤을 췄다. 나는 유심히 살
폈다. 말은 안 했지만, 흉내 내 볼 참이다. 삐딱춤도 추고, 추임새
도 '거훗!' 몰래 해 볼 참이다.

"후후."

괜히 웃음이 났다. 규방 아씨가 춤을 춘다면?

방으로 들어와 노래 가사를 중얼거려 봤다. 몸이 자연스럽게 구
불거렸다.

"아버님 나 나르실 제 쿵따리 삥. 홍화 반짝 아이들아……. 쿵따
리 삥, 거훗!"

그때다.

"에고!"

언제 들어왔는지, 어머니가 뒤에 서 있었다. 불호령이 떨어질 판이다.

"실은요, 어머니!"

말을 둘러대려니 얼굴이 붉어진다. 가볍게 목소리를 가다듬고 말했다.

"노랫말에 봄 아가씨에게는 말도 건네지 말라는 게 있는데, 혼인하지 말라는 뜻인가요?"

어머니의 표정이 굳어졌다. 내가 봐도 얼토당토않은 질문이다. 그래도 어쩔 수 없다. 춤을 추고 싶었다고 말할 수는 없으니까.

"세상일이 네 마음대로 되는 게 아니다. 언제나 마음을 바르게 해야 하느니!"

딱 거기까지 말하고 돌아선 어머니 때문에 마음이 불편하다.

"내가 실수한 거지?"

가장 가까운 말동무, 오빠에게 털어놓았다.

"솔직하게 말씀드리면, 용서하실 텐데……."

"춤추고 싶다고 해도?"

"아니 그건……."

"그건 뭐."

따지듯 말하자 오빠가 두 손을 흔들어 보이며 대답했다.

"아냐. 그냥 해 본 말! 근데 너는 태몽이 공작샌데. 말을 꼭 그렇게 해야 하나?"

"공작새?"

뭐가 불리하면, 오빠는 습관처럼 공작새 타령을 한다. 나에게 실수를 뒤집어씌울 때면 오빠는 '그 새가 너를 보호하는 것'이라고 한다. 확실하다. 공작새 이야기가 나올 땐 뭔가가 있다. 아버지의 불호령이 떨어질 만한 일이 생긴 거다.

"오빠도 춤추다 들켰어?"

내 말에 오빠가 양어깨를 들어 올리며 말을 바꿨다.

"귤 먹어 봤냐?"

"오빠가 먹어 보지 못한 귤을 내가 어떻게 먹어 보냐!"

"그렇지?"

"한 그루 사다 심자고 아버님께 말씀드릴까?"

"아냐, 아냐. 얼어 죽지. 여기선 얼어 죽어."

"심어 보지도 않았는데, 어떻게 알아?"

"책에 나올걸? 얼어 죽는다고."

"읽어 봤어?"

"〈농사직설〉이라는 책에 있어. 응달에서 잘 자라는 채소가 어떤 건지, 똥거름이나 재거름 주는 법 같은 게 씌어 있지. 뭐, 내가 당장 농사를 지을 것도 아닌데……."

"그럼 누가 읽는 책이야?"

"원님이 읽고 백성들에게 가르쳐 줘야겠지. 글을 모르는 백성이 많으니까."

"음~~."

내가 입을 삐쭉 내밀었다, 백성을 가르칠 기회가 나에겐 없을 테니까. 그래도 〈농사직설〉을 기억에 넣는다. 귤나무가 얼어 죽는다고 나와 있는지, 확인해 볼 생각이다.

"불평 마라. 사람은 누구나 필요한 데가 따로 있으니까. 너는……."

오빠가 무슨 말을 하려다가 슬쩍 돌렸다.

"책은 다 봤냐?"

"뭐? 쇄미록³⁾?"

오빠가 고개를 끄덕이며 말했다.

"그냥 돌려주면 안 되냐? 넌 전쟁과는 상관없잖아. 네가 볼 책이
아니다."

"전쟁과 상관이 없는 사람이 어디 있어? 피해는 여성이 더 보는
데."

"전쟁은 남자에게 운명이야. 너는 내훈⁴⁾이나 열녀전⁵⁾ 읽어."

"싸움은 남자가 하는지 몰라도, 여성은 그냥 앉아서 당한다고!"

"그거야······."

"장수는 전쟁에 나가기 전에 아내의 목을 친다며? 적에게 능욕
을 당하면 가문의 수치라고. 나라가 없어지는 판에, 가문은 무
슨."

"그 책, 내가 빌려주었다는 건 비밀이다."

오빠가 손을 좌우로 흔들며 사랑채 쪽으로 뛰어갔다.

---

3) 쇄미록: 조선 선조 대 선비였던 오희문이 임진왜란과 정유재란 기간 동안 피난길에 올라 9년 3개월간
의 일상을 기록으로 남긴 피란 일기로 총 7권이다. 대한민국 보물 제1096호.
4) 내훈: 조선 성종의 어머니 소혜왕후가 부녀자의 훈육을 위하여 편찬한 책.
5) 열녀전: 전한의 유향에 의해 편찬된 책으로, 모범이 될 만한 여성들의 행적을 모은 책.

3. 고집불통 알파걸[6]

"아버지, 말을 타고 싶습니다."

무엇이 갑갑증을 부른 것일까. 사랑방 문 앞에서 아버지의 허락을 기다렸다. 아버지의 목소리가 들렸다.

"흠흠! 그건 배워 뭘 하게?"

"활터라도 돌면……."

"밖으로 나가겠다?"

"아닙니다. 먼 길 떠날 땐 여성도 말을 탄다고 해서, 미리 배워두면……."

---

6) 알파걸: 도전정신을 지닌 강한 여성을 의미하는 신조어.

"흠흠!"

기침 소리가 가까워지더니, 문이 열렸다. 아버지의 표정엔 안타까움이 가득했다. 순간 나도 모르게 고개가 푹 꺾였다.

"죄송합니다. 그래도 달려보고 싶습니다."

차마 대답을 더 기다릴 수 없어서 돌아섰다. 아버지의 눈길이 뒤통수를 찔렀다.

"선이라는 네 이름에 담긴 뜻을 아느냐?"

언젠가 어머니가 내 이름에 담긴 이야기를 해 주었다.

"너를 낳을 때가 다 되었을 때였어. 안채로 오신 아버지가 방에서 한참을 서성이셨어."

아버지의 흉내라도 내려는 듯, 어머니는 뒷짐을 지고 천천히 제자리를 돌았다. 순간, 어머니가 아버지처럼 보였다.

"아들이면 크다는 뜻의 '태'를, 딸이면 귀한 사람이 되라는 뜻으로 '선'을 써야겠다고 하시더라. 북두칠성의 두 번째 별 이름이 선[7]이라고 하시면서."

"북두칠성이요?"

---

7) 태명 '선'은 작가의 상상력으로, 역사적 사실과 다를 수 있다.

"그래. 북두칠성은 사람의 수명을 주관하는 별이란다."

나는 작게 '아!' 소리 내고 입을 꼭 다물었다. '하필이면 북두칠성이람!' 속으로 뇌었다. 북두칠성은 북극성을 중심으로 1년 동안 한 바퀴 돌아서 제 자리로 온다. 밖을 나가지 못하는 조선의 여인을 닮았다. 나는 제자리에서만 뱅뱅 도는 북두칠성이 별로다. 뭐, 그렇다고 아버지가 지어 주신 이름이 싫다는 건 아니다.

"해, 달, 북두를 가리켜 3신이라고 한단다. 북두는 별을 대표하지."

나는 그 북두칠성 때문에 눈물이 핑 도는데, 어머니는 흐뭇한 표정을 짓고 있다.

뒤뜰로 나오자 눈이 모자랄 정도로 펼쳐진 밀밭이 일렁이고 있다. 장대 같은 청밀은 곡예 하듯 쓰러졌다가 일어서기를 반복한다.

"밀알 좀 보고 오자!"

동생 현이가 '어디? 어디!' 하며 따라나섰다.

우리는 열린 쪽문으로 달려갔다. 뒷마당 끝에 언덕 같은 둑이 있다. 나는 둑으로 올라가 바람을 맞으며 눈을 감았다. 새처럼 하늘을 나는 기분이다. 살며시 눈을 뜨고 보니, 동생도 똑같이 나를 따라 하고 있다. 막 고개를 돌리려는 순간, 동생도 실눈으로 슬쩍 나를 본다.

"미안, 미안! 하하하."

나는 실없이 '미안, 미안'을 외치며 뛰기 시작했다. 눈을 뜬 게 잘
못이라도 되는 것처럼.

"언니! 도망가기 없기야!"

동생이 따라왔다.

"미안해. 미안하다니까!"

"언니! 혼자 가기 없기야!"

현이는 "언니! 언니!" 하며 잘도 따라왔다. 더 빨리 뛰었다. 동생
에게 붙잡히면 안 될 것 같았다.

"같이 가!"

현이가 이번엔 같이 가자고 했다. 돌아보니, 동생과 한참 멀어졌
다. 숨이 찬지 "우왝! 캑캑!" 헛구역질하는가 싶더니, 자리에 주저

앉는다. 동생에게 가면서 소리쳤다.

"토하니?"

그때였다. 얼굴이 새까만 조무래기 네 명이 밀밭에서 뛰어나오며 외쳤다.

"아니요. 우린 아무 짓도 안 했는데요!"

나는 깜짝 놀라서 그 자리에 우뚝 섰다.

"깜짝이야!"

동생에게 "토하니?"라고 한 걸 아이들은 "뭐 하니?"로 들은 것 같았다. 손을 등 뒤로 감추고 저희끼리 비틀고 꼬집고 난리다.

"입술이 왜 그러니?"

"얘네 엄만 죽었어요."

어라! 한 녀석이 엉뚱한 말을 한다. 하지만 엄

마라는 말에 내 귀가 솔깃.

"왜?"

"몰라요. 그래서 혼자 살아요."

"혼자?"

"깜부기[8] 먹으면서……."

눈동자가 반질반질한 아이가 잔뜩 긴장한 얼굴로 밀밭을 가리켰다.

"진짜예요!"

"나도요."

밀알은 손대지 않았고 깜부기만 빨아먹었다는 뜻이다. 눈앞이 캄캄해졌다. 믿어 달라는 듯 녀석들이 한꺼번에 시꺼먼 입을 벌리고 달려들었다. 당황한 내가 서둘러 말했다.

"너희, 똬리 만들 줄 아니?"

도대체 무슨 말이냐는 듯, 아이들이 눈알을 굴렸다. 그 순간, "똬리 만들면 돈 벌 수 있어. 쉬워!"라는 말이 튀어나왔다.

도대체 내가 무슨 말을 하는지 모르겠다. 아이들은 봐주겠다고

---

8) 깜부깃병에 걸려 까만 가루 덩이가 된 곡식의 이삭.

하거나, 혼내지 않겠다는 말을 기다리고 있을 텐데…….

"다래나무 아니?"

이번에도 헛나온 말이 분명했다. 먹을 것이 당장 급한 아이들에게 가을에나 익을 다래를 이야기하는 게 말이 안 되기 때문이다. 주린 배를 움켜쥐고 가을까지 기다릴 순 없을 테니까. 하지만 말을 이었다.

"내 말 잘 들어. 밀밭 반대편 산기슭으로 가면 오래된 다래나무가 있어. 그 산은 주인이 없어. 가을에 가면 다래가 지천일 거야. 두고두고 먹을 수 있어. 좋지?"

'두고두고'라는 말에 유혹된 것인지 아이들이 서로 눈빛을 주고받았다.

"개똥참외 알지?"

이번엔 아이들이 고개를 끄덕끄덕. 코가 떨어지겠다.

"그곳 산 밑에 도랑이 있어. 도랑을 따라 조금 올라가면 오전에만 살짝 볕이 드는 둑이 있어. 거름이 많아서 아무거나 잘 자라는 곳이야. 거기에 개똥참외가 있어. 지금은 아기 주먹만 할걸? 조금 더 크면 맛이 들 거야. 먼저 따먹는 사람이 임자니까 잘 보고 있다가 얼른 따. 다만 한 가지, 꼭 씨앗을 보관해야 한다는 거. 알았지?"

당장 달려가고 싶은 듯, 아이들의 눈이 호기심으로 반짝거렸다. 아이들을 보내고 터덜터덜 집으로 돌아오는데, 자꾸만 눈물이 났다. 똬리를 당장 만들어 봐야겠다. 연화가 오면 밀짚모자를 만드는 법도 알려 달라고 해야겠다. 아이들의 똬리를 팔아 달라고 부탁해야겠다. 연화는 내 편이니까 뭐든 들어줄 거다.

"어디를 갔다 오는 게야?"

마당 끝에 선 어머니의 눈이 실처럼 가느다랬다. '여성은 함부로 문밖을 나가선 안 된다.'를 가르쳐 온 어머니다. 몹시 화났다는 증거다. 얼른 고개를 숙였다.

"죄송합니다. 어머니. 현이와 장난을 치다가 그만."

"또 무슨 일이냐?"

"밀밭에서 깜부기를 먹는 동네 아이들을 만났어요. 저는 아무것도 안 하고도……. 애들은 하루 한 끼도 못 먹는다고 하더라고요."

어머니의 낯빛이 어두워졌다. 나는 '굶는다.'라는 말의 충격에서 벗어나지 못해 또 중얼거렸다.

"궁궐에선 오고9)가 울리면 점심을 먹는다죠? 굶는 백성에게 자랑하는 것도 아니고……. 저는 오늘부터 점심을 먹지 않겠습니다. 굶는 사람이 그렇게 많은데……."

"궁궐에서도 점심은 간단히 먹는단다. 백성들 사정을 아니까."

"그래도 안 먹습니다. 어머니!

마음을 굳히듯, 다시 한번 말했다.

---

9) 오고: 낮 12시를 알리는 궁궐의 북.

4. 공작새를 만나다

어머니는 며칠 전부터 외할아버지의 회갑연에 갈 준비를 했다. 큰오빠가 태어날 때까지 어머니와 아버지는 외가에서 살았다고 한다. 하지만 나는 오늘 외가에 처음 가 본다.

외가에 도착하자마자 어머니는 부엌으로 향했다. 나도 어머니를 따라갔다. 마늘을 빻거나 파를 다듬는 일은 잠깐, 떡을 만들 쌀을 빻느라 종일 디딜방아에 매달렸다.

남자들은 사랑방으로 가고 여자들끼리 모여 늦은 저녁을 먹었다.

"외사촌 간인데 너희는 처음 보는구나!"

어머니의 말에 외숙모는 대답 대신 "선이는 엄마를 똑 닮았네!"

라고 했다.

사촌들은 얼굴이 서로 비슷비슷한데, 턱이 살짝 튀어나왔다. 주걱턱이 외가 식구들의 특징인 것 같았다.

외사촌 동생은 종일 부엌일을 거들고도 수틀 앞에 앉았다. 나는 하도 신기해서 "얘!" 하고 불렀다.

"왜, 언니."

넉 달 차이인데, 그 애가 나를 언니라고 불렀다. 살짝 당황했다.

"책은 없니?"

"언니는 책을 좋아하나 봐? 나는 이게 더 좋은데."

동생이 자리에서 일어나더니, 책이 가득한 서랍장을 열었다. 방에 책 괘가 따로 있는 것으로 보아 그 애도 어지간히 책을 좋아하는 것 같았다.

"뭐 볼 테야? 내훈? 열녀전?"

"열녀전? 넌 그런 책이 재미있니? 손가락이나 깨물고 죽는 열녀 이야기. 에휴!"

내가 얼굴을 뒤틀며 말했다. 난 정말 그런 책이 싫다.

"언니! 그러면 미워. 예쁜 얼굴 상하겠어."

그 애가 살짝 눈을 흘겼다. 순간 내가 몸을 움츠렸다. 동생의 목

소리는 처음부터 끝까지 조곤조곤, 말씨도 예뻤다. 복이 많은 미인
은 주걱턱이라더니, 그 애가 딱 그랬다. 안 꾸며도 꾸민 듯 예쁜,
왠지 내가 고분고분 따라줘야 할 것 같았다.

"언니가 책을 좋아한다는 건 어머니한테 들었어. 난 이게 더 좋
아. 내가 만든 것 구경할 테야?"

문갑을 열자 그 안에 수공예품이 가득했다. 모두 그 애가 수놓은
것이라고 했다. 그중 하나를 꺼내더니 머리에 얹으며 말했다.

"이것으로 배씨댕기[10]를 만들려고 해! 마무리는 유모가 해 준댔
어."

"오호, 갓갓갓! 진짜 예쁘다."

"이건 베갯잇이야!"

베갯잇이라고 내놓은 천에는 처음 보는 새 한 쌍이 수 놓여 있었
다.

"이런 새도 있어? 참 예쁘네."

"예쁘지? 세상에서 가장 아름답다는 공작새인데, 안채에 있는

---

10) 배씨댕기: 마름모꼴 비단 중앙에 은으로 배의 씨 모양을 만들어 칠보로 장식한 뒤 붙이고, 양모서리
에 댕기 같은 끈을 달아 만든 여자아이용 댕기.

족자[11]를 보고 그린 거야."

"공작새?"

아! 가슴이 뛰기 시작했다. 나의 태몽이라던 그 새를 여기서 만날 줄이야.

"그 새, 보러 가자!"

내가 벌떡 일어나자, 외사촌이 "늦었는데?" 하면서도 따라 나왔다. 하지만 안채는 이미 불이 꺼졌다. 다시 별채로 와서 누었다. 잠이 오지 않았다.

동이 트자 안채로 들었다. 방문 오른쪽에 외사촌이 말한 족자가 걸렸다. 어스름 새벽이라 그림은 보이지 않지만, 그 앞에 바르게 앉았다.

문소리에 잠이 깬 외숙모가 먼저 부엌으로 가고, 어머니가 뒤늦게 행주치마를 집어 들었다. 어머니에게로 다가가 살며시 손을 잡았다.

"네가 왜 여기에 있어? 자리가 바뀌어 잠이 안 오든?"

---

11) 족자: 그림이나 글씨 따위를 표구하여, 벽 등에 걸거나 두루마리처럼 말아 둘 수 있게 만든 물건.

대답 대신 내가 족자를 가리켰다.

"이게 공작이라면서요? 동생에게 이야기를 들었는데, 잠을 잘 수가 있어야죠."

"아유! 그래서 밤을 새운 거야?"

"날이 새면 족자가 보일 것 같아서 왔어요."

어머니가 내 키보다 큰 족자 앞으로 다가섰다. 그러고는 무슨 비밀이라도 있는 듯 나와 족자를 번갈아서 보았다. 나는 족자에 눈을 고정했다.

참새 한 쌍은 꽃을 피운 매화나무 가지 끝에 앉아 마주 보고 있고, 다른 큰 새 한 쌍은 둥치 아래에서 폼을 잡고 있었다. 큰 새 한 마리는 제 꼬리에 화려하게 수놓은 비단 천을 둘렀고, 다른 하나는 큰 새의 꽁지깃 같은 것을 머리에 꽂았다.

"네게 꿈 이야기를 해 주지 못한 건 보지 않고는 상상할 수 없는 새여서였다."

"후유~."

그동안 고약한 갑갑증이 가슴에 짓눌렀다. 나는 날개가 엄청나게 큰 독수리도 보았고, 외발로도 꼿꼿하게 서는 두루미도 보았다. 오색찬란한 빛을 반짝이며 날아오르는 수꿩도 보았다. 그냥 이야기를 해 주면 다 알아들었을 거다.

"너의 태몽을 꾸던 그날, 파루[12])가 울릴 때까지 잠을 자지 못했어. 훤하게 날이 밝은 뒤에야 깜박 잠이 들었는데, 꿈에 새 한 마리가 나를 쳐다보는 것이었어. 꼬리에 황금 깃을 달고, 화려하게 수놓은 비단 천을 두른 멋진 새였지."

어머니가 이야기를 멈추고 족자 속의 새를 가리켰다. 나는 꿈 이야기를 마저 듣고 싶었다.

"그래서요?"

"새는 한 번의 날갯짓으로 우리 집 앞마당에 있는 살구나무 꼭대기로 올라갔어."

어머니가 까치발로 서더니 양팔을 벌려 동그라미를 그렸다. 어머니의 손이 천장에 닿을 것 같았다.

"공작의 날갯짓이 세상 모든 것을 덮을 것 같았단다. 나무 위에 올라가 날개를 접었는데도 무늬가 얼마나 선명한지, 나는 오히려 두려웠단다."

"아!"

---

12) 파루: 조선 시대에 서울에서 통행금지를 해제하기 위하여 종각의 종을 서른세 번 치던 일.

나도 감탄사를 흘렸다.

"내 꿈 이야기를 듣고 아버지도 신기해하셨단다. 호기심이 가득한 눈으로 나를 뚫어지게 보셨어. 그러고는 아들일 거라며 훗날 나라에 큰일을 할 것 같다고 하셨어."

"아들요?"

"그래. 좋은 꿈은 이야기하면 날아 간다고 아무에게도 말하지 말라고 하셨어."

그 말을 듣자, 나는 입을 꼭 다물었다. 어머니는 꿈을 떠올리기라도 하듯 중얼거렸다.

"온 세상을 황금빛으로 물들인 공작새가 앞마당 살구나무 위에 앉아 우리 집을 내려다보고 있었다. 움츠

렸던 깃털을 흔들 땐, 세상이 금빛 찬란하게 출렁거렸다. 꿈을 깬 뒤에도 그 빛이 방 안 가득 일렁거렸다."

"빛에 질릴 만큼이요?"

나는 까치발을 하고 두 팔을 들어 동그라미를 그렸다.

"그래. 그리고 네가 내게 왔다."

5. 배씨댕기

연화가 왔다고 해서, 얼른 안채로 향했다. 연화는 세상 밖으로 통하는 문이다. 나는 대문 밖의 세상이 늘 궁금하고, 연화가 그것을 풀어주었다.

"아기씨, 뛰지 마시고 천천히."

순어미가 내 뒤를 따라오며 소리쳤다. 연화가 본인의 이름인지 딸의 이름인지는 모르지만, 나는 연화라는 이름만 들어도 기분이 좋다.

마음이 급한데, 신발이 말썽이다. 지난 설에 산 꽃신이 너무 작아 조금만 걸어도 발이 아프다. 하지만 발이 금방 커 버렸다고 하면 도둑 발이라고 놀릴 것이다.

"이건 마님께서 부탁한 한산 모시입니다."

연화가 어머니 앞에 옥색 모시를 내놓는다. 연화는 확실히 지름신[13]이다. 연화의 설명을 들으면 필요 없는 물건도 사고 싶어진다.

"충청도 그곳은 본시 날이 덥고 비가 많이 와서 모시풀이 잘 자라지요. 그래서 옷감이 이리 좋습니다."

"좋은 물건을 잘 골라 왔네. 고생했어."

어머니가 모시를 쓰다듬으며 말했다.

"아닙니다. 제 일인걸요. 확실히 지역 특산품이 좋기는 합니다. 물건을 구분하기가 쉽지 않고 가격도 천차만별이지만, 지역 상품을 제대로 사면 좋습니다. 개성 인삼, 원산 북어, 전주 한지, 제주 미역, 이런 것이 다 그렇습니다."

이야기하며 연화가 웃는다. 나도 따라서 웃었다. 나를 바라보는 연화의 눈에서 반가움이 뚝뚝 떨어진다.

"이번에도 중강에 다녀왔습니다."

"거긴 왜?"

순어미가 물었다.

---

13) 지름신: 사고 싶은 것이 있으면 앞뒤 가리지 않고 바로 사게 만드는 신.

"저야 발길이 닿는 대로 다니니까요. 사람을 찾고 있는데, 자꾸 그쪽으로 마음이 가서요."

"사람은 만났고?"

"아니, 괜한 기대이지요. 중강 시장은 예전에는 큰 장터였답니다. 어느 해 조선에 흉년이 들어 굶어 죽는 사람이 풀풀할 때, 청나라 상인들이 무명 1필에 쌀 20말을 줬답니다. 조선에서는 쌀 1말과 바꾸기도 어려운데……."

"조선에서는 1말, 청나라는 20말?"

"예. 그 쌀 20말을 가지고 조선에 와서 무명 20필을 샀지요."

"무슨 계산이 그래?"

순어미가 손가락을 곱다 말고 고개를 홰홰 둘렀다.

"나라 사정이 다를 때, 외국 상인과 거래하면 그런 일이 생기지요."

"그런 장사면, 돈을 금방 벌겠네?"

"그건 그런데, 말이 안 통하다 보니 개인은 어렵답니다. 잘못하면 물건을 빼앗기기도 하지요. 요즘은 그 큰 시장이 다 없어지고, 소소한 물건이 나와서 구경할 만합니다. 이게 거기서 나온 것입니다."

연화가 배씨댕기를 꺼내 내 가르마 위에 얹었다. 하지만 두 번 실수하지 않는다. 예쁘다고 작은 신발을 사서, 발이 아파 절절매고 있으니.

"배씨댕기는 쓰던 게 있어요. 괜찮습니다. 어머니."

"아니야. 그건 언니에게 물려받은 것이니, 새것을 사도록 해라. 시집가기 전에 네 것을 사 주려 한다."

어머니의 말에 연화가 솜씨 구경이나 하라며 배씨댕기를 내 앞에 놓는다.

"좋아 보이느냐?"

어머니의 말에 내가 싱긋이 웃어 보였다. 솔직히 말하면 배씨댕기를 보자마자 눈에 확 들어왔다. 내 성미가 본시 속을 숨기지 못하니, 어머니가 알아챈 것이다.

"제주 미역도 있습니다. 하도 비싸서 그저 한 올 가지고 왔습니다."

연화가 미역을 들어 보이자, 어머니가 싱긋 웃으며 말했다.

"자네가 영감님 생신을 잊지 않았구먼."

"예."

연화가 멋쩍게 웃었다.

"고맙네. 자네야 우리 식구나 다름없지. 우리 집을 드나든 게 몇 해야?"

"큰 마님 계실 적부터니까, 20년이 넘은 듯합니다."

"그런가?"

연화가 또 수줍게 웃었다.

저녁을 먹고 행랑채로 향했다. 이제부터 연화의 이야기는 내게 꿀이다. 본인이 경험한 이야기인지, 세상에 떠도는 이야기인지, 꾸며낸 이야기인지, 피곤함에 실려 온 단꿈인지 모르지만, 하여튼 재미있다.

"전주에 가면 비빔밥이 유명합니다. 주로 나물이 나오는데 반찬이 수십 가지이지요. 관절염에 좋다는 곰취. 부인병에 좋다는 질경이, 풍을 예방하는 방풍나물, 그리고 돌나물, 곤드레나물……. 씀바귀는 몸에도 좋지만, 맛은 더 좋습니다. 남북 어디에나 있는 나물이라도 자라는 곳에 따라 맛이 다르거든요."

차마 말은 안 했지만, 나도 장사를 하고 싶다. 연화처럼 맛있는 것도 먹고, 세상 구경도 하고. 양반으로 사는 것보다 그게 훨씬 좋을 것 같다.

'딱 한 번만 연화 아짐을 따라가겠다고 해 볼까?'

차라리 연화가 엄마면 좋겠다. 연화를 엄마라고 생각하자, 얼굴이 벌겋게 달아오른다. 좋기도 하고, 아니기도 하고, 눈물이 날 것 같기도 하다.

"그래, 돈은 좀 벌구?"

순어미가 군침을 꿀꺽 삼키며 연화에게 말했다.

"꼭 돈을 벌려고 다니는 건 아닙니다."

말을 하면서 연화는 두 손으로 연실 제 다리를 주물렀다.

"다리가 저리 아파 어쩌누. 다리가 장사 밑천일 텐데."

순어미의 말에 연화는 웃음을 거두며 대답했다.

"아들놈이 역관이니, 이 노릇을 그만두어도 큰일 날 건 없지요."

"역관?"

"예. 통역관입지요."

이만한 자랑거리가 더 있겠냐는 듯, 연화가 묵직하게 말했다.

"아들이 역관이라면, 중국말을 하는가?"

"예. 장사꾼만 따라다니는 줄 알았는데, 언젠가 명나라 대신들이 왔을 때 통역을 했다지요. 나라님 일도 잘했다고 칭찬이 자자했답니다."

"아이고머니나! 연화 댁에게 그런 아들이 있었구먼. 역관이면 크게 성공했네.”

“그런 셈이지요.”

“아들을 어찌 가르쳤소? 장사해서 가르쳤소?”

순어미의 말에 연화가 두 손을 크게 저으며 대답했다.

“제가 가르칠 형편이 되나요? 본래 남의 집 소꼴[14]을 베는 아이
였지요. 그때가 다섯 살이었나, 여섯 살이었나? 밥이라도 얻어
먹이려고 한 짓이지요. 굶어 죽을 판이었는데, 대방[15] 어른 댁에
서 소꼴 베는 일을 맡겨 주어 감사하고 고마웠지요.”

“그땐 다 그랬지. 나도 동생을 업고 빨래하러 다녔지. 그게 엊그
제 같은데…….”

순어미가 한숨을 쉬며 말했다.

“부지런한 것도 타고나는 것인지……. 그 어린것이 어스름 새벽
에 일어나서 남의 집 소꼴을 베러 나갔지요. 대여섯 살 먹은 아
이가 뭘 알겠냐고 하겠지만, 그놈은 그랬어요.”

연화가 눈물을 훔치자, 순어미가 달래듯 말했다.

“크게 될 아이는 떡잎부터 알아본다더니, 아들이 그런가 보오.”

---

14) 소꼴: 소에게 먹이는 풀.
15) 대방: 장사꾼 중 최고 우두머리.

"대방 어른은 중국을 드나들며 큰 장사를 했어요. 그런데 언제부턴가 아들에게 장사를 가르친다고 했어요. 저야 아들이 굶지 않기만을 바랄 뿐이었지요. 그런데 그놈이 중국어를 배울 줄 누가 알았겠습니까."

아들 이야기에 연화가 신이 났다.

"첫새벽에 시장에 나가 둘러보고 다니더니, 얼마 가지 않아 중국 말을 알아듣더랍니다. 장사꾼이 주고받는 이야기를 주인에게 알려 큰 거래를 성사하더니, 나중에는 중국 시장을 훤히 꿰뚫더랍니다."

"하늘이 내렸구먼, 하늘이."

"대방 어른이 10살 남짓한 아들을 앞세우면, 상대방이 당황하기도 했답니다. 더러는 우습게 보았다가 큰코다치는 일도 종종 있었다지요. 하하."

연화가 크게 웃었다.

6. 금혼령

"선아!"

무슨 일인지 아버지가 굳은 표정으로 나를 불렀다.

"나라에서 금혼령[16]을 내렸다. 너도 그 나이에 해당한다."

옆에 계시는 어머니도 근심스러운 눈빛이다. 그 나이에 해당하는 것이 뭐가 그리 근심스러운지, 아버지와 나를 번갈아 보았다.

"내가 나라의 녹을 먹고 있으니, 봉단령[17]을 피할 수 없겠구나."

"으악!"

순간 시커먼 구름이 몰려와서 나를 덮쳤다.

---

16) 금혼령: 왕실에서 며느리나 사윗감 혹은 왕비를 고를 때, 당분간 혼인하지 말라고 내린 명령.
17) 봉단령: 금혼령에 해당하는 자녀의 이름과 생년월일 등을 써서 내라고 한 왕실의 명령.

"꼭 그래야 합……."

어머니가 말을 꺼내다 말고 아버지의 눈치를 살폈다. 뭔가 불길한 기운이 어머니의 표정에 내려앉는다. 이상한 일이다. 어머니가 길게 한숨을 쉬었다. 그게 뭐라고.

방으로 돌아와 수틀 앞에 앉았다. '금혼령?' 나도 알고 있다. 왕자님에게 시집가는 것, 그게 왜 걱정스러운 일일까? 만약에, 만약에 말이다. 내가 왕자님과 결혼하게 된다면, 좋은 일 아닐까? 내가 시집가고 싶어 이런 말을 하는 게 아니다. 어머니가 저토록 근심하는 이유를 모르겠다는 거다. 수틀 앞에 앉았지만, 바늘이 자꾸 손가락을 찔렀다.

"왜 그러실까?"

오빠에게 물었다. 잠시 우물거리던 오빠가 대답했다.

"왕실과 사돈이 되는 게 꼭 좋지만은 않아. 궁궐이라는 곳이 본래 사람 잡아 가두는 곳이거든. 좋을 게 없어!"

"임금님이 사는 곳이 궁궐 아냐?"

"그렇지."

"사람 잡아 가두는 곳이라며?"

"말이 그렇다는 거지."

오빠의 대답은 거기서 멈췄다. 하지만 어머니는 새 옷을 짓기 시작했고, 나는 면접시험을 보러 가야 한다고 했다.

'면접시험?'

아무것도 이해하지 못했지만, 지고는 못 사는 성미가 발동했다. 뜬금없이 고개를 쳐드는 경쟁심. 시험이라면 좋은 점수를 받고 볼 일이다.

'무엇을 보고 점수를 매길까? 가만있자. 멋쟁이 우리 아버지 10점, 내 옷을 지은 어머니의 바느질 솜씨 10점, 예쁘면 10점, 똑똑하면 10점. 또 뭐가 있지? 수를 잘 놓아야 하나? 다 더하면 50점. 100점 만점이면 나머지 50점은 뭘까? 실기 시험도 있을까?'

할아버지, 외할아버지도 점수에 들어간다는 소문이 있다. 점심 때가 되면 먹을 것도 준다고 했다. 점심 한 그릇 주고 누가 더 맛있게 먹는지 보려나? 오물오물 쩝쩝, 후루룩 확 마셔 버려? 조금 남기는 게 좋을까? 어쩌라는 거지? 답답하다.

활터로 갔다. 마음이 뒤숭숭할 땐 바라보기만 해도 마음이 가라앉는다. 준비도 없이 당긴 화살 세 개가 모두 명중이다. 하지만 싫다. 하늘을 본다. 모든 게 귀찮다.

"아니다. 아니야!"

과녁을 보고 가만히 선다. 내 활이 생긴 건 일 년 전, 아버지가 직접 구해 주셨다. 다시 사대[18]에 섰다. 심호흡하고 마음을 가다듬는다. 아버지는 내게 심신 수양에 좋다며 활을 주셨다. 심기일전. 다시 활시위를 당겼다.

"곧 활터로 나갈 터이니 따라오너라."

내게 활을 구해 주시던 날을 잊을 수가 없다. 말을 타게 해 달라고 아버지를 졸랐으나 허락받지 못해 우울할 때였다. 활터로 가 무작정 오빠의 활을 당겼다가, 활시위에 맞아 볼이 새까맣게 멍든 것도 그즈음이다. 그런 내게 활이 생기리라고는 생각도 못 했다.

"네 것이다."

그때 나는 눈만 둥그렇게 떴었다. '활? 무슨 활?' 어리둥절하기만 했었다.

"활을 대하는 법도는 아홉 가지다. 그중 하나가 남의 활에 손을 대지 않는 것이다."

"아!"

남의 활이라면, 일전에 오빠의 활? 고개가 푹 떨어졌다.

---

18) 사대: 서서 활을 쏘는 곳.

"이건 나무로 만든 목궁이다. 너를 궁사로 만들려는 게 아니다.
마음을 다스리는 데 전념하도록 하여라."
"예."
순간, 내가 화살처럼 하늘로 날아오르는 느낌이 들었다. 세상이

내 발아래 엎드려 있었다. 무사의 옷을 입은 내가 말을 타고 달린다. 멧돼지를 쫓는다. 활을 겨눈다. 쫓고 쫓기는 추격전. '탁!' 화살이 튕겨 나갔다. 명중이다! '와와!' 어디서 환호가 들려왔다.

"따라오너라."

발아래 펼쳐진 내 세상을 바라보고 있는데, 아버지의 목소리가 스쳤다.

"예."

"화살을 보관할 때는 이 동개19)에 넣어라. 향나무로 만들어 벌레가 들지 않거든."

---

19) 동개: 활과 화살을 꽂아 넣어 등에 지도록 만든 물건.

"예."

활터로 향하는 아버지의 뒷모습이 한 그루의 곧은 소나무처럼 보였다. 넓은 어깨, 구름에 닿을 것 같은 키. 반듯하다.

활터 앞에서 아버지는 옷매무새를 고쳤다. 그리고 사대에 오르기 전에 허공을 향해 살짝 머리를 숙이며 "활을 배우겠습니다." 하고는 나를 돌아보았다.

"활시위를 당기는 순간이 곧 마음을 다듬는 시간이다."

아버지의 표정은 진지했다.

"활을 쏠 때는 질붕어죽[20]이 되면 안 되느니라. 저고리 앞섶을 가를 듯이 팔뚝이 내려가야 한다. 볼에 멍이 드는 것은 활을 잘못 대하기 때문이다. 명중에 집중하지 말고, 마음 수련에 힘쓰도록 하여라. 자, 와서 서거라."

대답은 했지만, 떨린다. '아버지 잠깐만요!'라고 말하고 싶지만, 목소리가 나오지 않는다. 입을 꼭 다물고 바들바들. 아버지의 목소리가 이어졌다.

"깊게 숨을 마시고, 몸과 마음을 바르게 하고, 정성을 다하

---

20) 질붕어죽: 잘못된 활쏘기 자세의 하나. 활을 잡은 손의 팔꿈치가 뒤로 젖혀져 살대와의 사이가 붕어의 배처럼 휘어든 자세이다.

며……."

이번에도 "예."라고 대답했지만, 움켜잡은 화살 끝에 엄지와 검지가 달라붙어 떨어지지 않는다.

"지조와 절개를 지킨다. 지든 이기든 탓하지 말고, 오직 예를 다하여라."

아버지가 오늘처럼 말씀을 많이 하신 적이 없었던 것 같다.

"욕심부리지 마라!"

아버지의 가르침은, 아니 활을 당기는 일은 혼을 가두는 일인 것 같다. 아무리 정신을 차려도 혼이 제멋대로 빠져나가 잡아 둘 수가 없다.

"활쏘기가 이런 거였어?"

활터에 혼자 남아 생각하니, 내게 활이 생긴 것이 몹시 당혹스럽다. 그러나 얼마나 원했던 일인가. 아버지가 허락한 활이니 '여성은 하면 안 되는 일' 따위의 말을 하는 사람은 없을 것이다. 활이 생겼으니 말도 타리라.

그 뒤, 틈만 나면 나는 활터로 나갔다. 사대에 올라서 숨을 멈추고 과녁에 집중. 그러나 시위를 당기면 손가락이 딱 굳었다. 화살을 놓아야 하는데 엄지와 검지가 찰싹 붙어 떨어지지 않았다. 그러면 활을 놓고 활터를 천천히 걸었다.

애초에 닿을 수 없는 별 같던 화살이 열흘이 지나고야 나가기 시작했다. 어머니는 수를 놓지 않는다고 성화다. 호흡을 가다듬고 다시 활을 겨눈다. 20m 과녁이 선명하게 눈에 들어왔다.

7. 면접시험

"더도 덜도 말고, 너만큼만 보여드리고 오거라."

궁궐로 향하는 가마에 오르는데, 어머니의 목소리가 귓가를 스쳤다.

"예……."

대답은 했지만 정작 어머니의 말은 기억나지 않았다. 임금님이 사시는 궁궐, 아니 사람 잡아 가둔다는 그곳으로 혼자 가야 한다는 게 두려웠다. 경쟁에선 무조건 이겨야 한다는 생각도 달아나 버렸다. 오늘만 견뎌 보자. 가슴에 손을 얹고 톡톡 나를 달랜다.

드디어 가마 문이 열리자, 햇볕 쨍쨍한 밖으로 나왔다. 궁궐 앞이다. 내 뒤편으로도 속속 가마가 선다. 나와 같은 옷을 입은 규수들을 향해 관리가 말했다. 궁궐로 향하는 첫발은 솥뚜껑을 밟는 거란다.

'솥뚜껑을 밟아?'[21] 속으로 따라 했다. 처음 접하는 궁궐 놀이치고는 유치하다. 그다음에는 엎어놓은 바가지가 밟고 가란다. 바가지가 깨지면 실격이라나. 궁궐은 백성이 사는 세상과 다르다더니, 심술궂은 사람이 꽤 많은가 보다. 치마허리에 매달린 아버지의 이름패를 살며시 잡아 보았다.

걸음을 옮기려는데 어머니가 하신 말씀이 고무풍선처럼 매달렸다가 머리 위로 쏟아진다.

'더도 덜도 말고 너만큼만……'

대청마루 같은 곳으로 오르자, 빙 둘러선 상궁 나인들. 중앙에 앉은 이가 왕비마마와 대비마마라고 했다. 그들이 우리를 노려보고 있다. 걷는 것, 서는 것, 앉는 것…….

기침을 참느라 꼴깍거리는 목구멍. 보는 사람이 많은 쪽으로 몸이 기운다. 노랑 저고리가 끌려가는 것 같다. 가만히 앉아 있는 것도 불편하기 짝이 없는데, 국수가 나온다.

---

21) 세자빈으로 간택된 여인이 궁궐에 들어갈 때 솥뚜껑을 밟게 한 것은, 장차 나라의 안주인을 부엌 신인 조왕신에게 인사시키는 주술적인 행위였다.

그런데 이 상황에 화장실에 가고 싶다. 말을 하려는데, 입술이 움직여지지 않는다.

나를 뚫어지게 보는 사람들. 이들은 우리에게 먹을 것을 주고 그 것을 어떻게 사용하는지, 삼킬 때 목구멍을 얼마나 넓히는지 살필 것이다. 음식을 입에 넣었을 때, 콧구멍이 숨을 쉬는지도……. 화장실에 가고 싶다.

일단 참고 젓가락을 든다. 국수를 입으로 가져가는 게 문제다. 얼마나 작은 호흡으로 들이켜야 '후루룩' 소리를 내지 않고 넘길까? 마음 같아선 한 번에 쏜살같이 후룩, 누가 보기 전에 훅! 들이키고 싶다. 누군가가 보고 '어머나!' 하는 사이에 목구멍으로 후딱 넘기는 거다.

엄두가 나지 않는다. 안 먹고 싶다. 먹어도 체할 게 뻔하다. 하지만 저들이 보고 있다. 눈에 불을 켜는 것을 나는 보았다.

국수를 집어 올렸다. 아! 맞다. 얼마 전부터 나는 점심을 먹지 않기로 했다. 그걸 말하고 먹지 말까? 이유를 물으면, 백성들은 굶기 때문이라고 당당하게 말해야겠다.

말할 때는 손을 번쩍 들고 해야 하나? 아니다. 여긴 높은 분들만 있으니까 공손하게 머리를 숙이고 일어나 '드릴 말씀이 있는데, 해도 될까요?' 해야겠다. 한마디를 해도 진중하게. 치마 앞섶에 아버지의 이름을 달았으니, 예의 바른 처자가 되어야 한다.

나는 아무개의 딸 강 선입니다. 그것부터 말해야겠지? 아니 그보다 누구를 보고 말해야 하지? 확실하진 않지만, 더 젊어 보이는 오른쪽이 왕비마마일 것이다. 왕비마마보다는 대비마마가 더 높겠지? 아니다. 왕비마마가 제일 높은 사람이라 했다. 그래도 대비마마가 시어머니이니, '그래라.'라고 허락하면 왕비마마도 어쩌지 못할 것이다.

그렇다면 왼쪽을 보고 말해야 하나? 왕비마마는 한 분이지만, 대비마마는 한두 분이 아니라고 들었다. 대비마마, 왕 대비마마. 대왕 대비마마…….

왕비마마가 돌아가시면 무조건 어린 신부를 구하니, 대비마마라고 해서 무조건 할머니는 아니다. 그렇다. 왕비마마보다 대비마마가 젊을 수도 있다. 아이고, 복잡해. 눈앞이 캄캄하다.

화장실 문제로 골머리를 앓고 있을 때다. 뭔가 분위기가 이상했다. 옆에서 쩝쩝거리는 소리가 난다. 국수 그릇을 아예 들고 마시는 듯 후룩, 후루룩.

요란한 소리를 이용해 나도 국수를 '후룩' 들이키고 슬쩍 곁눈질

했다. '와오!' 김치가 매운지 그 애가 입을 벌리고 학학. 손바닥을 입에 대고 햐~.

"헐!"

당황해서 입 안에 있던 국수를 꿀꺽 삼켰다. 아, 그게 문제였다. 국수가 목구멍에 탁 걸렸다. '으~흐윽!' 숨이 막혔다. 몸이 굳어오기 시작했다. 잽싸게 눈알을 굴려 살폈다. 모두 괴상망측한 아이에게만 눈이 쏠려 있다. 그 많은 사람의 눈이 몽땅 그 애에게 가 있다.

뻣뻣해지는 손가락. 이러다 죽을 수도 있겠다! 온 힘을 다해 김칫국물 한 술을 퍼 입에 넣었다. 안 넘어간다. 양어깨 끝을 살짝 앞으로 움츠리며 '꿀꺽!'

목구멍을 꽉 막고 있던 국수가 살짝 내려가나 싶더니 잠시 후, 트림이 '꺼윽~~.' 누군가 보고 있더라도 이제 어쩔 수 없다.

얼굴이 창백해지고 눈알이 말려 올라가던 중 터져 나온 트림이다. 그 애가 아니었으면 궁인이 나를 보고 달려왔을 것이고, 새까맣게 숨이 넘어가는 걸 보면 단박에 소리 질렀을 텐데……. 하마터면 큰일 날 뻔했다.

마음속으로 손뼉을 탁. 옆에 앉은 아이가 고맙기만 하다. 그 애

의 용기에 비하면, 입에 있던 것을 무작정 꿀꺽 삼키는 나는 미련하다. 있는 그대로 보이자. 꾸밈없이 버티자.

하루가 어떻게 갔는지 집으로 돌아오는 가마에서는 떡실신. [22] 빠져 달아난 혼쭐을 당기려 무진 애를 썼지만, 똑똑하게 기억나는 건 하나도 없다.

어머니 아버지가 또다시 근심스러운 눈으로 나를 보았다. 궁중에서 예단을 보내왔다는 거다. 또다시 면접시험을 보러 가야 한다고 했다.

"궁궐에 또 가야 한다고요?"

억울하다. 어머니는 다시 분주해졌다. 이번에는 얼굴에 분칠도 하고 노리개도 달아야 한단다.

"저고리 끝동에 넣을 무늬는 어떤 것이 좋을까? 노리개에 어울리려면 무슨 색으로 해야 할까?"

어머니는 방 안 가득 색실을 늘어놓았다.

"이럴 때 연화가 와주면 좋으련만."

---

22) 떡실신: 술이나 충격으로 인해 정신을 크게 잃는 일을 속되게 이르는 말.

어머니도 나처럼 연화를 기다리는 것 같다. 하지만 연화는 오지 않았고, 궁궐로 가야 할 날만 다가왔다.

"잘 다녀오……."

궁궐로 떠나는 가마 앞에서 어머니가 내 손을 잡고 고개를 끄덕였다. 눈물이 쏟아졌다. 귀고리에 족두리, 산호 반지까지, 거울 속의 내 모습은 시집가는 새색시다. 진짜 차고 넘치는 각시놀이다.

"이게 뭐람?"

어렸을 때, 동생하고 하던 각시놀이. 차라리 언니와 함께하던 혼인 놀이였으면 좋겠다. 손가락이 오므려지지 않을 정도로 두툼한 반지를 끼고 색조 화장까지. 왕실에서 보내온 것들이라 따를 수밖에 없다지만……. 이렇게까지 해야 하나? 아무리 봐도, 거울 속의 나는 내가 아니다.

경험이 있어서인지, 2차 면접시험은 의외로 수월했다. 정신은 없어도 허둥대진 않았다. 인사드려야 하는 사람은 왜 그리도 많은지, 수 없이 굽혀서 허리가 뻐근하다.

금박저고리의 깃이 높아서 목을 찌른다. 그것이 종일 불편하더니, 알이 밴 것 같다. 분칠한 얼굴은 가면을 쓴 것 같다. 집에 가면 세수간으로 들어가 저고리부터 벗어 던지리라.

그래도 때를 맞춰 나온 율무죽은 먹을 만하다. 왕비마마인지 대비마마인지는 모르지만, 어깨도 두드려 주었다. 아버지에 대해 묻기도 했는데, 뭐라고 대답했는지 기억나지 않는다.

　돌아오는 가마에 올랐다. 종일 긴장해서인지 몸이 땅속으로 꺼지는 느낌이다. 이럴 때 보약은 어머니다. 밥이고 약이고 다 필요 없다. 따듯한 아랫목에 누워 어머니의 품에 안기면 좋겠다.

　앞마당이다. 빨리 나가려고 몸을 앞으로 굽혔다. 가마가 열리면 큰 소리로 '어머니! 나 힘들어요.' 하려는데, 눈물이 먼저 쏟아진다. '나 힘들었어요.' 칭얼거리려고 몸을 비트는데, 뭔가 이상한 느낌.

　"어서 오십시오."

분명 어머니 목소리다. 가마에서 빠끔 얼굴을 내미는 순간, 이번엔 아버지 목소리.

"고생하셨습니다. 어서 안으로 드시지요!"

뭔가 잘못되었다는 생각에 눈물이 싹 가신다. 어머니와 아버지가 나란히 고개를 숙이고 있다. 도대체 왜 이러시지? 눈이 휘둥그레진다.

난 잘못한 게 없다. 부모님이 시키는 대로 했을 뿐이다. 노란 저고리에 다홍치마를 입고 궁궐을 다녀오라고 해서 다녀왔고, 죽을 것 같았지만 또 가야 한대서 가부키[23]에 나오는 배우처럼 화장하고 두 번째 가마에 올랐었다. 그런데 '어서 오십시오!'라니. 궁궐이라는 곳은 부모님의 사랑마저 조각조각으로 찢어 놓는 곳이었다.

"안으로 드시지요."

터져 나오는 울음을 참으려고 소매를 입에 물었다. 어머니가 허리를 숙이며 손을 내민다. 아버지는 여전히 옆에서 머리를 조아린다. 아아, 이게 무슨 일인가.

"어머니! 나는, 나는."

---

23) 가부키: 17세기부터 시작된 일본의 전통 연극으로 오늘날로 치면 인기 뮤지컬이나 드라마쯤 된다. 2008년에 유네스코 지정 인류무형문화유산으로 등록되었다.

방으로 들어서는 순간, 폭발했다. 땅바닥에 주저앉아 어머니 치마폭에 얼굴을 묻었다.

　"이러시면 안 됩니다. 밖에 궁중 나인들이 지켜봅니다."

　오빠의 말이 정확하다. 궁궐은 사람을 잡아 가두는 곳. 뒤끝도 작렬. 집에 와서도 마음대로 할 수 없단다.

　언제까지 나는 어머니의 딸이고 싶다. 이제부턴 활도 안 쏘고, 말도 안 타고, 어머니가 시키는 대로 수놓고 싶다. 하지만 틀렸다. 울지도 못하고 웃지도 못하게 한다. 제대로 걸려든 것 같다.

8. 나의 별, 연화

"꽃신을 사야 할 텐데……."

어머니가 중얼거렸다. 지난 설에 산 꽃신이 작다는 것을 어머니가 아는 거다. 그보다 소식이 깜깜인 연화가 보고 싶다.

"연화를 본 사람이 없다던가?"

"지난 명절 이후 본 사람이 없답니다. 워낙에 전국을 떠도는 사람이라……."

어머니도 연화의 소식이 궁금한 모양이다. 연화가 오면 꽃신은 물론, 엉클어진 나의 문제도 풀릴 것 같다.

"걱정 마세요, 아기씨. 보따리는 제가 가져가면 되지요."

분명히 연화는 내가 입었던 다홍치마와 노란 저고리도 덜렁 가져갈지 모른다. 어머니가 연화를 찾는 것도 어쩌면 그 때문일지 모른다. 연화가 보고 싶다.

"딸을 찾아서 방물장수를 그만둔 것 아닌가?"

"마님! 방물장수를 그만두어도 소식은 전하고 갈 사람입니다. 마님 분부대로 사방에 기별을 넣었습니다."

시장통에 나갔다 온 순어미가 정색하며 말했다.

순간 내 가슴이 쿵 떨어졌다. 연화가 방물장수를 그만둔다는 말 때문이다. 나는 늘 연화를 기다린다. 연화가 왔다 가면 열흘쯤 눈앞에서 어른거린다. 움직이는 그림자만 보아도 '보상 아짐!' 부르고 싶다. 연화가 그만둔다고 생각해 본 적이 없다.

"그래, 그럴 사람이지. 좋은 일이 있으면 안 와도 좋을 일이지만……."

연화의 딸에 대해 이야기를 들은 건 오래되지 않았다. 통역관 아들 이야기를 하던 그날이었다.

"통역관 아들이 당장 그만두라고 안 하는가?"

그날도 나는 아찔했었다. 그만둔다는 말 때문이다. 연화가 방물장수를 그만두면 지금까지 내가 바라보던 세상의 문도 닫히게 될 것이다. 눈물이 쏟아질 것 같아 애원하듯 연화를 봤다. 나와 눈이 마주친 연화가 슬픈 목소리로 말했다.

"아들이 그만두라고 성화지요. 하지만 이러고 다니는 건, 잃어버린 딸 때문이지요."

"딸을, 왜?"

"본시 저는 오누이를 낳았는데 딸아이가 태어난 지 보름 만에 남편은 죽고, 산후바람으로 병이나 나는 죽을힘을 다 해 버렸지만 그대로 있다간 딸애를 굶겨 죽일 판이었지요. 그래도 아들은 소 꼴을 베러 다니며 밥을 얻어먹었지만……. 그런 사정을 알고 딸애가 젖을 뗄 무렵, 이웃집에서 달라고 하더군요. 부잣집에 양녀로 보낸다고……. 낌새를 알았는지 눈이 반들반들한 아이가 어미에게 들러붙어 악을 쓰며 우는데……. 그 걸 떼 보냈지요. 그 후론 다시 보지 못했답니다. 지금까지 내가 이러고 다니는 건, 그 애를 찾으려는 것입니다요. 죽기 전에 보고자 합지요."

연화가 얼굴을 가렸지만, 눈물이 턱밑으로 쏟아졌다.

"아이고! 저런."

순어미가 혀를 찼다. 연화는 딸 이야기를 꺼내놓고 쉼 없이 눈물을 닦아냈다.

"죽었는지, 살았는지……. 이 어미에게 버림을 받았으니, 죽었으면 무덤에라도 엎어져 울어 주어야 제 한도 풀릴 테지요. 하지만 수년째 전국을 돌고 있지만, 그림자도 보이지 않습니다요."

연화가 머리를 땅바닥에 대고 꺽꺽 울었다.

"나는 죽는 날까지 이러고 다녀야지요. 하늘이 내 딸을 찾아 줄 때까지 걷지 못하면 기어서라도. 흑흑흑, 내 딸……. 다리를 끌고 다니다 죽을래요."

연화의 어깨에 손을 얹었다. 나도 눈물이 쏟아졌다.

"아이고, 주책이야. 아기씨께 재미있는 이야기를 해 드려야 하는데."

연화가 눈물을 닦으며 말했다.

"조선에는 절대 평등구역이 딱 한 곳 있습지요."

"평등?"

나는 평등이라는 말에 귀를 세웠다.

"예, 주막입죠. 한 칸 방이 싫으면, 누구든 헛간으로 가야 합니다."

"연화 아짐도 주막에서 자 봤어?"

그 말에 연화가 살짝 웃음소리를 냈다.

"아이고! 아무리 그래도 남녀가 유별한데 한 방에서 잘 수가 있나요?"

"그럼, 뭐야? 평등구역이 아니잖아?"

연화는 '귀 너머로 들은 이야기'라며 이야기를 이어갔다.

"어느 성균관 교리가 혼자 주막을 차지하겠다고 모두 내쫓았답니다. 그런데 그 속에 판서가 있어, 그가 훗날 교리를 불러 곤장을 쳤답니다."

아무리 그래도, 주막이 평등구역은 될 수 없는 듯했다.

"무심한 사람 같으니라고. 이웃같이 오가던 사람이 도통 보이지 않으니, 궁금해서 배길 수가 있어야지."

어머니도 꽃신 때문이 아니라, 나처럼 보고 싶어서 연화를 기다리는 것이다.

며칠 후에 지긋지긋한 궁궐을 다녀와야 한다. 마음이 급하다. 연화에게 부탁할 게 있다. 밀짚으로 바구니 만드는 법을 물어야 한다. 칡 줄기로 만들어도 좋겠다.

물어볼 것이 더 있다. 말도 통하지 않는 중국인에게는 물건을 어떻게 파는지, 중국 사람들은 '게로'라는 집에 살다가 이사 갈 때는 허물어서 나귀에 싣고 간다는데 그게 정말인지, 밥 대신 산양의 젖을 먹는지……. 하지만 그것보다는 그냥 연화를 보고 싶다.

아, 그런데 연화의 소식이 도착했다.

"무슨 말인 게야? 자세히 말해 보게!"

어머니의 성화에 순어미가 눈물을 뚝뚝 떨군다.

"아랫지방에 위험한 재가 있답니다. 산적이 많아 모두 조심하는 곳인데, 이른 저녁에 혼자 넘다가 그만."

"무슨 말이야?"

내가 순어미를 향해 소리 질렀다. 순어미가 '아기씨!'하고는 땅에 엎어져 흐느꼈다.

"그게 무슨 말이야. 대체 그게!"

내가 순어미에게 달려들어서 어깨를 흔들었다.

"아기씨!"

순어미는 내가 흔드는 대로 몸을 맡기고 울기만 했다. 연화가 죽

다니, 해가 까무룩 어두워지는 것 같다. 나도 순어미 가슴에 얼굴을 묻었다.

"꿈에 연화가 오더니……."

순어미가 붉어진 눈을 들어 어머니를 쳐다보았다.

"장사는 잘 지냈다던가?"

"죽은 다음 날 보부상들의 눈에 띄어 후히 치렀다 합니다."

"아들이 있다고 하지 않았나?"

"아들이 중국에 있어 장례를 치르고야 연락이 닿았답니다. 그런데 아들이 연화의 딸을 중국에서 찾았답니다."

"딸을 찾아?"

"예. 그토록 애타게 찾았는데 어미는 보지도 못하고……. 그 딸이 어미 무덤에 엎드려 우는데, 차마 문 뜨고 볼 수 없었답니다."

"으흠. 음."

어머니도 목이 메는 듯 말을 잇지 못했다.

"딸이 어찌 중국까지 간 거지?"

"노비로 팔려갔는지, 억만금을 주고 데려왔다 합니다."

"에고, 불쌍해서 어쩌누. 불쌍해서……."

숨소리마저 흐느끼는 어머니. 순어미가 '나가 보겠습니다.' 하고 돌아섰다. 신발 끄는 소리가 서~거어억. 나는 행랑채로 가는 순어 미를 뒤따라갔다.

"연화 아짐, 연화 아짐, 아짐, 아짐, 아짐 없으면 난 못살아"

나는 연화가 앉았던 자리를 더듬어 보았다. 볼도 대 보았다. 방 바닥에 눈물이 고였다. 순어미와 바꿔 입었던 연화의 저고리가 벽 에 걸려 있다. 벌떡 일어나 저고리를 끌어안고 또 울었다.

"아기씨!"

연화가 나를 부르며 달려올 것만 같다.

"내가 아짐을 얼마나 기다렸는데……. 왜 안 와. 보고 싶은데, 왜 안 와. 나는 어떻게 살라고!"

9. 별궁에 갇히다

연화가 죽으면 시간도 멈출 것 같았는데, 어둠이 오고 그 밤이 새벽을 맞았다. 궁으로 향하는 세 번째 날,

"오늘 같은 날 아짐이 내 손을 잡아 주면 좋잖아. 흑!"

'긱정 마세요 아기씨, 제가 둘둘 말아기요.' 연화가 그렇게 말해 주면 좋겠다. 하지만 연화는 이제, 시시때때로 찾아드는 눈물이다. 무엇을 요구한 적이 없는 연화가 요 며칠 전부터 내게 눈물을 강요한다. 무너져 내리는 아픔을 삼키라고 한다.

우리 집 안팎이 동네 사람들로 가득 찼다. 발 디딜 틈이 없다. 집을 나서는 나를 배웅하러 왔다고 한다. 내가 보기엔, 집 떠나는 나를 구경하러 온 것 같다.

"이 댁 아기씨가 세자마마에게 시집간단다."

누군가가 말하자, 어머니가 '쉿!' 하고 입단속을 시켰다. 순어미도 잰걸음으로 달려가 손가락을 세워 입술을 톡톡 치지만, 막을 수 없다.

"아니 뭐, 그렇게 될 거잖아요? 숨길 게 뭐 있나요?"

순어미에게 도리어 화를 내는 사람도 있다.

"이번에 떨어지면, 다른 데로 시집을 못 간대요."

"아이고! 별소리를."

순어미가 얼굴 위에서 마주친 손뼉을 배꼽까지 내리며 고개를 좌우로 흔들었다.

"우리도 다 알아요!"

"아이고, 참!"

순어미가 안절부절. 이래저래 순어미만 고생이다.

"저것 봐. 세자마마가 보면 단박에 반하겠어."

"세상에서 제일 예쁜……. 하하."

"맞아, 맞아. 하하."

순어미 말마따나 별소리 다 한다. 모두 정겨운 말일 테지만, 난 슬프다. 연화 없는 세상은 외롭고 쓸쓸할 뿐이다. 그런데 담 밑으로 녀석들이 보인다. 지난봄, 우리 살구를 맛본 조무래기들이다.

"이건 살구!"

마당에서 주운 살구를 건넸을 때, 코가 턱밑까지 빠져나온 아이가 손등으로 휙 닦으며 싸움하듯 광주리로 달려들었다. 길게 늘어졌던 코가 옆에 있던 아이의 옷자락에 털썩 달라붙었지만, 둘 다 알지 못했다.

"어쩌니? 연화 아짐이 없어서. 똬리는 잘 되어 가니?"

미안한 표정으로 나는 아이들과 눈인사를 나눈다. 코를 달고 사는 '누렁코'가 나를 보고 훌쩍거렸다. 코를 닦는지 눈물을 닦는지, 그건 분명치 않다.

"호박잎은 따끔거린단 말이에요."

내가 코를 풀라고 호박잎을 내밀었을 때, 몸을 배배 꼬며 징징거리던 아이다.

"길가에 잎 넓은 질경이도 지천이란다!"

내 말에 누렁코는 콧등에 제 손을 대고 '흥!' 코를 풀었다. 애들이 오늘은 뭘 좀 먹었을까? 헌 데가 많은 아이는 생각이 깊고 손재주도 있다. 내가 한가롭게 각시놀이나 할 때가 아닌데…….

"얼른 다녀올게"

누렁코와 눈인사를 마치고 가마에 올랐다.

"돌다리도 조심조심 두드려 건너시고……."

아버지와 나란히 섰던 어머니가 깊숙이 머리를 숙이며 말꼬리를 흐린다.

"얼른 다녀올게요. 어머니."

목소리 대신 눈물이 쏟아졌다.

"좋은 날인데, 웃으세요."

가마에 미처 오르지 못한 치맛자락을 거두며 어머니가 내 손을 꼭 잡았다. 눈물이 폭포수처럼 흘렀다.

그날, 나는 별궁이라는 곳에 갇히고 말았다. 이건 혼인이 아니라 감금이었다. 감시하는 사람은 왜 또 이리 많을까? 모든 게 당황스럽다.

세자빈 교육이라는 게 도무지 적응 안 된다. 나무를 가늘게 쪼개 만든 칫솔로 이빨도 닦아 주고, 세수도 시켜 준다. 목욕도 시켜 주고, 옷도 입혀 준다. 개인적인 질문은 하지 못한다. 궁궐 교육을 담당하는 노 상궁은 시어머니처럼 늘 '흠!'

"문안 인사를 드릴 사람은 전하를 비롯하여……."

얼굴도 한 번 못 보았는데, 그 사람들을 어떻게 안단 말인가. 황

당하다. 이럴 땐 버릇처럼 화장실에 가고 싶다. 내가 귓속말로 노
상궁에게 말했다.

"소피보고 싶은데요."

상궁이 정색했다.

"아랫사람에게는 절대 존댓말 하지 않습니다."

"아!"

내가 알았다고 고개를 끄덕인 것 같다. 그때다. 그런데 궁궐이라
는 곳은 도대체 뭐 그딴 곳이냔 말이다. 소변 마렵다는 말에 변기
를 들고 들어올 줄이야!

"그게 아니고, 큰 건데."

"예. 이것을 쓰시면 되옵니다."

"뭐?"

동그랗게 눈을 뜬 채 생각했다.

'나를 바보 멍청이로 만들 생각이야?'

하긴 몇 겹으로 껴입은 옷이 문제이긴 하다. 속치마만 한 아름.
너무 걱정되어 입을 열었다.

"똥은 어떻게 닦지?"

"복이 나인이 대기하고 있사옵니다."

"뭐?"

참기로 했다. 어차피 똥이 나올 것 같지 않으니. 궁궐은 사람을 가둘 뿐 아니라, 화장실도 마음대로 못 가는 곳이었다. 그런데 참 이상하다. 참기로 마음먹자, 똥이 마려웠다. 참다 참다 얼굴이 시뻘게지자, 노 상궁이 물었다.

"혹시……."

"뒷간이 어디지?"

치마를 벗어놓고 뒷간에 혼자 가고 싶다. 괴상망측한 곳.

"내가 언제까지 여기에 있어야 하는 거야?"

"초례 일²⁴⁾은 오는 12월 27일입니다."

"지금 10월인데?"

"예. 그날이 길일이라 합니다."

"길일?"

덧붙이고 싶은 말이 있지만, 뒷말은 노 상궁의 눈을 보며 속으로 말했다. '혼인날이 길일인지 몰라도, 그날이 오기 전에 내가 죽겠는걸?'이라고.

---

24) 초례 일: 혼례를 치르는 날.

노 상궁의 얼굴빛이 살짝 바뀌었다. 내가 한 말을 알아들었을까? 매서운 눈. 노 상궁이 슬며시 눈을 내리감았다. 읽어낸 나의 속내를 모르는 척해주는 거다. 독심술을 가진 사람이 있다더니, 남의 마음을 꿰뚫어 보는 법을 노 상궁은 어디서 배웠을까? 물론 궁궐에서 배웠을 거다. 배우는 곳이 어딘지 물어봐야겠다. 근데 대답을 해 줄지 모르겠다.

"거기가 어디요?"

도무지 마음을 숨길 줄 모르는 내가 불쑥 속내를 털어놓고 말았다. 물으려고 작정한 건 아니다. 그냥 생각한 것인데, 불쑥 말이 튀어 나간 것이다.

"또 뒷간을 물으시옵니까?"

"아, 아니."

얼른 대답하고 히죽 웃었다. 노 상궁이 알았다는 듯 허리를 숙였다. 다행이다. 어차피 개인적인 질문은 받지 않는다. 일단 노 상궁을 조심해야겠다.

"아침에 문안드린 후에는 뒷걸음으로 이렇게……."

전혀 다른 이야기. 노 상궁이 말꼬리를 돌려 어제 한 이야기를 반복했다. 궁궐이라는 곳은 정말로 이상하다. 한번 들으면 알 것을 매일 반복하다니. 내가 얼굴을 살짝 찡그렸다. 살짝 이맛살도 찌푸렸는데, '아이고 야!' 예상대로 노 상궁은 내 속을 뻔히 보고 있었다.

"영특하셔서 그렇습니다."

"뭐가?"

내가 모르는 척 물었다.

"같은 것을 반복해서 말씀드리는 것은……."

그러니까 노 상궁의 말은 궁중 생활은 일반 백성과 달라서 습관을 바꾸려면 반복해야 한다는 것이다. 뭐 그런 거라면 인정. 얼마든지 반복하자.

"다음은, 호칭에 관한 질문을 하실 차례입니다. 어제 배우신 것을 말씀해 주십시오."

"세자마마는 언제 뵐 수 있는가?"

"예. 잘하셨습니다. 궁에서는 호칭 뒤에 마마를 붙입니다. 호칭이 생각나지 않으시면, 그냥 마마라고 부르셔도 됩니다."

"칫!"

내 말은 신랑인 소현세자[25] 얼굴을 언제 볼 수 있냐는 것인데, 노 상궁은 못 알아들은 척 넘어간다. 속뜻을 분명 알 것인데, 여우같이. 아니다. 독심술을 하는 노 상궁을 조심해야 한다.

오전 교육이 끝나고, 잠시 휴식이다. 밖을 내다보니, 따사로운 햇살이 자글자글 끓는다. 저 정도면 들판의 벼가 잘 익을 것 같다. 눈을 감았다. 동생과 함께 뛰어다니던 넓은 언덕. 고향 집이 그립다. 눈물이 고였다.

노 상궁이 다가와 눈물을 닦아 준다. 마음대로는 할 수 있는 건 눈곱만치도 없다. 그래도 시간이 흐르고 있다. 긴 그림자를 만들며 해가 솟고, 다시 진다. 흐르는 시간이 고맙다. 어머니 아버지를 뵐 수 있는 그날이 기다려진다.

---

25) 소현세자(1612~1645): 인조와 인열왕후의 장남으로 왕세자이다. 병자호란의 결과 8년간 청나라에 인질로 끌려가 생활하였다. 포로로 잡혀간 조선 사람들을 모아 둔전을 경작해 곡식을 쌓고 무역을 하는 등의 생활 방안을 강구하면서 실용주의 노선을 택하였다. 귀국 후 반청 사상을 고수하던 아버지 인조와 갈등하던 중 독살로 추정되는 의문의 죽음을 맞았다.

10. 청나라의 인질이 되다

　어렸을 땐, 대문 밖으로 나가지 못해 미치도록 답답했다. 하지만 궁에서는 세자빈 교육인지 궁궐 교육인지 때문에 답답하기는커녕 아무 생각도 못 하고 산다. 계절이 언제 바뀌는지, 안 먹겠다던 점심은 왜 먹고 있는지 나는 모른다. 혼이 나간 게 분명하다. 사람을 잡아 가두는 곳에서 갇힌 사람이 생각할 수 있는 건 없다.

　그래도 행운이 하나 찾아들었다. 맏아들 경원군이 태어난 것이다. 누가 뭐래도 이것만은 보장된 행복이었다. 그것이 무너질 거라고 예상한 사람이 없었을 것이다. 있다면 궁궐에 잡아 가둬도 마땅한 반역일 테니까. 그런데 그 반역 같은 일이 일어났다. 청나라 2만의 군대가 이 나라를 쳐들어왔다.

"나라가 위급해지면 남녀가 다를 수 없나니."

아버지가 내게 활쏘기를 가르치며 했던 말이다. 하지만 전쟁 통에 내가 할 수 있는 일은 단 한 가지도 없었다. 세자빈이라면 나라를 위해 뭔가 할 일이 있어야 하지만, 없었다. 내 속에 숨어 있던 그 여성이라는 열등감이 다시 솟구쳤다.

쇄미록에서 본 그 처참한 광경이 현실로 다가왔다. 내가 눈을 부릅뜨자, 김 상궁이 허리를 굽히며 말했다.

"적군이 밀려들자, 사대부들이 먼저 아내의 목에 칼을 겨누었답니다. 청의 군대에 잡혀가 능욕을 당하면 집안 망신이라는 게 이유입니다."

나라를 지키는 것보다 집안 단속이 먼저인 이 나라 장수들. 불과 30여 년 전, 이순신 장군은 부녀자들에게 남자 옷을 입히고 강강술래를 시켰다.

힘을 합해 싸워도 모자라는 판에, 수많은 여성이 남편의 강요로 강물에 뛰어든다고 했다. 이 나라 장수들은 어머니를 죽이고, 아내를 죽이고, 어린 딸을 죽이고 남은 힘으로 전쟁을 한단다. 무기 들고 적에 투항하는 거나 다름없었다.

시아버지인 임금께서 저들에게 삼궤구고두례[26]를 행한 이후, 그
들은 포로 사냥꾼으로 변해서 남녀노소를 가리지 않았다.

나 역시 인질이 되었다. 뼛속까지 스미는 추위를 뚫고 청으로 가
야 했다. 난생처음인 이 지독한 상황에 저하[27]는 미동도 없이 누웠
다가 노예처럼 울부짖었다.

몸이 찢기는 듯한 추위를 견디며 도착한 심양의 낮은 여름이었

26) 삼궤구고두례(三拜九叩頭禮): 신하 나라가 큰 나라를 만났을 때, 머리를 조아려 절하는 예법.
27) 저하: 조선 시대에, 왕세자를 높여 이르거나 부르던 말. 여기에서는 소현세자를 말한다.

다. 그러나 해가 지면 다시 겨울이 되었다. 변덕스러운 날씨는 전하를 굴욕 시킨 청 태종 홍타이지[28]와 닮은꼴이었다.

어린 날, 언제든 필요한 사람이 되겠다고 아버지와 약속했었다. '필요한 사람! 필요한 사람!' 아무리 중얼거려도 내가 필요한 곳은 없었다. 자존심 하나로 저들 앞에서 당당할 뿐!

저들은 틈만 나면 관소[29] 안마당까지 들어와 염탐했다. 물건을 훔치러 온 도둑처럼 이리 힐끗 저리 힐끗.

햇살 속에 비스듬히 몸을 누인 저하의 앞으로 청의 졸개가 다가와 허리를 굽혔다. 조선인처럼 보이는 역관이 붙어 다녔다.

"기력을 좀 찾으셨습니까?"

역관이 조선말로 번역해 주었다.

"내실까지 무슨 일이냐?"

저하가 허리를 펴며 말했다. 비록 청국의 인질이나, 조선의 세자이다. 동태를 살피러 온 졸개를 직접 상대하는 것만으로도 분노가 치밀었다.

"문안드리러 온 것입니다."

---

28) 홍타이지: 청나라를 세운 왕. 홍타이지는 삼전도에서 인조의 항복을 받았다.
29) 관소: 외국 사신이나 다른 곳에서 온 벼슬아치를 대접하고 묵게 하던 숙소.

"문안?"

이곳에서 저하는 감시 대상일 뿐이다. 그걸 알고도 할 수 있는 말이 없다니…….

"황제께서 친히 내리신 음식이니, 드셔야 합니다."

"뭐라?"

무조건 청의 방식을 따르라는 것이다. 관리가 방자하게 힐끔거리는데도 저하는 '네 이놈!' 하고 소리 한 번 지르지 못했다.

한 돌이 되기 전에 헤어진 경원군[30]이 보고 싶다. 어미의 얼굴도 모르는 채 자라고 있는 아들. 물론, 인질이 되는 것보다는 나을지 모른다.

그래, 행복한 시절로 돌아가 보자. 어릴 때의 고향 생각. 오빠들이 즐기던 승경도[31] 놀이를 하고 싶다. 아무것도 아닌 일을 가지고도 티격태격 싸우던 그 시절이 그립다.

승경도 놀이는 윷놀이와 비슷한 놀이다. 윷 대신 윤목이라 부르는 주사위를 던진다. 그런데 말판은 전혀 다르다. 윷놀이 판은 25

---

30) 경안군: 소현 세자와 강빈의 셋째 아들(1644~1665). 인조 때 강빈 옥사에 연루되어 어머니와 세 형제가 죽었으나, 그 뒤 죄가 없음이 밝혀졌다.

31) 승경도: 넓은 종이에 옛 벼슬의 이름을 품계와 종별에 따라 써 놓고 알을 굴려서 나온 숫자에 따라 벼슬이 오르고 내림을 겨루는 놀이. 또는 그 놀이 기구.

개의 동그라미가 전부이지만, 승경도의 말판에는 온통 관직 이름으로 빽빽하게 채워져 있다.

"이순신 장군도 승경도를 즐겼어."

이순신 장군이라는 말이 나오지 않았다면, 나는 승경도를 거들 떠보지 않았을 거다. 애당초 관심이 없었으니까.

엉뚱한 호기심으로 내가 달려들자, 오빠들이 무척 당황했다.

"야!"

"뭘?"

나도 외마디로 응수했다. 들은 척도 하지 않고 말판 옆에 쪼그리고 앉았다. 당시 아버지의 관직이었던 '집의'부터 찾았다. 높은 벼슬이었다. 그제야 가장 낮은 관직이 눈에 들어왔다. 수문장부터 시작하는 무과, 참봉부터 시작하는 문과. 사간, 도승지, 이조판서, 호조 좌랑, 형조판서…….

단박에 서울로 가서 쉽게 말을 떼는 방법이 윷놀이에 있는 것처럼, 승경도에도 쉽게 고위 관직에 오르는 방법이 있었다. 처음 놓아야 할 말이 후퇴라는 똥통에 빠지는 것처럼 승경도에도 파직, 귀양, 금부, 사약이 있었다. 눈이 점점 동그래졌다.

"그런데 금부는 뭐야?"

내 물음에 오빠들이 말을 가로막았다.

"이건 남자들 놀이야. 여자는 몰라도 돼!"

"왜?"

"여자는 관직에 오르지 못하니까. 저리 비켜!"

"여자는 놀이도 못 한다는 거야?"

"아휴. 여자는 하는 게 아니라고."

"그냥 보는 것도 안 돼?"

"봐서 뭐 할 건데?"

"오빠!"

나는 화가 머리끝까지 치밀어서 후다닥 밖으로 달려 나갔다. 오빠들이 놀이에 빠져 있는 사이, 긴 화살을 들고 와서 소리쳤다.

"열 셀 때까지 치우지 않으면 말판에 구멍을 내 버리겠다."

"어? 선아, 잠깐잠깐!"

한다면 하는 내 성미를 아는지, 오빠들이 말판을 집어 들고 꽁지가 빠지게 달아났다. 어머니가 나왔다.

"무슨 짓이냐? 조신하지 못하고!"

"오빠들이 승경도 놀이 구경도 못 하게 해요."

눈물을 글썽이며 또박또박 말했다.

오빠들이 도망간 곳이 하필이면 사랑방 쪽인가 보다. 아버지가 오셨다.

"무슨 일이냐!"

"오빠들이 승경도 놀이판을 구경도 못 하게 합니다. 이제부터 저는 활을 배우겠습니다."

아버지는 내가 들고 있는 화살을 물끄러미 바라보았다. 눈물이 쏟아졌다.

성질을 부려도 용서가 되던 시절. 부러운 것이 없는 날이었다.

그러나 전쟁에서 패한 조선의 여인들은 죽음을 택했고, 나는 지금 인질이 되었다. 그들의 몫까지 당당하게 살아야 한다. 내 나라를 살려야 한다.

"황실에서 열리는 연회에 마마도 함께 드시랍니다."

내관의 말에 얼굴이 화끈 달아올랐다. 무슨 일로 세자마마와 나를 함께 부르는 걸까? 그러나 나에게 선택권이 없었다. 오라면 갈수밖에. 아무 일 없을 거다. 괜찮을 거다. 마음을 달랜다.

이곳에 처음 왔을 때, 가마를 탈 수 없어서 몹시 불편했다. 나인과 함께 시장 거리를 걷자면 누군가가 뒤에서 당길 것 같아서 무척 힘들었다. 그러나 신바람 나게 거리를 활보할 수 있는 곳이 심양이었다. 황실을 방문하는 일도 세상 구경이라 믿자. 걱정은 미리 하지 않기로 했다.

"연화가 있으면 얼마나 좋아."

심양의 거리에서 연화를 떠올렸다. 북적거리는 사람들. 조선에서 유일한 평등구역은 주막이라고 했었다. 이곳은 온 세상이 다 주막이다. 청나라 사람들은 남녀노소를 구분하지 않는 것 같다. 모두가 섞여 소리 지르고 웃고 떠든다. 불평등이 있다면 조선인. 남녀를 불문하고 내 백성들은 모두 노예이기 때문이다.

11. 새 세상의 여인들

"오늘 저하와 함께 황실에 가시는 날입니다."

연회라고 이유를 밝혔음에도 "무슨 일로 부르는 것인가?"라며 묻고 말았다. 궁궐이란 본시 사람을 잡아 가두는 곳. '저하와 나를 불러 황실 어딘가에 가두려는 건 아닐까? 청의 관리들이 다 모인 자리에서 삼궤구고두례를 하라는 건 아니겠지?'

"환영하는 자리라 하옵니다."

"환영?"

인질로 끌고 와서 환영이라니, 무슨 트집을 잡으려는 게 분명하다. 종일 미열로 시달렸건만 거절할 방법이 없다. 어차피 우리는 저들에게 끌려왔고, 또 끌려다닐 처지다.

"그럼, 황실에서 저하와 나를 함께 부른 이유가 뭐라고 생각하는가?"

"황실 행사에는 내외분을 함께 초청합니다. 초청된 모든 사람이 부인과 함께 올 것입니다."

"으~음!"

궁궐은 얼마나 잔혹한 곳인가. 끊임없이 국문[32]이 이어지고, 은수저를 담가보지 않고는 물 한 모금도 마실 수 없는 곳이다. 내 나라도 이런데, 하물며 적의 나라 황실이 아닌가. 걷잡을 수 없는 불안감. 마음을 다잡는다. 거절할 수 없다면 당당하게 맞서자.

"어서 오시오. 세자!"

기다리고 있었다는 듯 황제가 앞서 나왔다. 생각지도 못한 일이다. 나는 황제의 목소리에 신경을 곤두세웠다. 무슨 일이 생긴다면 분명 황제의 입으로부터 시작될 것이기 때문이다.

생각과 달리, 연회는 서로를 소개하고 음식을 권하는 자리였다. 생소하나 괜찮은 분위기. 내가 끝까지 긴장을 풀지 못하는 건, 포로라는 처지 때문이다.

---

32) 국문: 관아에서 중죄인을 신문하는 일. 임금의 명령이 필요했다.

고위 관직의 안주인들 역시 친절했다. 특히, 청나라 최고의 관직인 태사 부인은 온화한 표정으로 어머니 같은 인상을 준다. 왕의 명령을 받은 것인지 아니면 낯선 방문자를 배려하는 것인지 알 수 없지만, 부인은 줄곧 내 옆을 지켰다.

"머리에 쓰신 조선의 대랍시[33]가 무척 단정하고 아름답습니다."

"감사합니다. 저희는 이것을 가체라 부릅니다."

내가 오른손으로 가체를 만지며 태사 부인의 말에 대답했다. 청의 부인들이 머리에 쓰고 있는 대랍시도 아름다웠다. 보석이 주렁주렁. 황후의 것은 황금이라고 했다.

"그렇군요. 저는 대랍시를 즐겨 쓰진 않습니다. 평소에는 일을 해야 하니까요."

"일을요?"

무슨 일? 태사 부인 정도면 직접 일을 하지 않아도 될 것 같은데. 노비도 있고, 가사를 돕는 이도 있을 텐데……. 부인이 말을 바꿨다.

"조선 인삼은 단연 최고입니다."

---

33) 대랍시: 청나라 여성들이 머리에 얹어 꾸미는 장식품.

나는 인삼에 대하여 아는 것이 없다. 그저 연화에게 들은 게 전부다. 얼른 대답했다.

"조선은 아주 오래전부터 홍삼을 만드는 증포 기술이 발달했답니다."

"마마께서 그런 걸 다 아십니까?"

놀랍다는 듯, 태사 부인이 눈을 크게 떴다. 그뿐만 아니라 머리를 숙여 인사까지 한다. 당혹스러웠다. 정중한 부인의 태도에 나도 같이 예를 갖춰야 할 것 같았다.

하지만 세자빈 교육을 받을 때 노 상궁은 임금과 왕비마마, 대비마마 외에는 그 누구에게도 머리를 숙이면 안 된다고 했다. 얼른 황제 쪽으로 고개를 돌렸다. 부인이 고개 숙이는 걸 내가 보지 못한 척하려는 거다. 다행히 부인이 눈치채지 못 한 것 같았다. 부인이 다시 말을 걸었다.

"제 남편은 조선 한지를 좋아한답니다. 그래서 조선 상인에게 특별히 부탁해서 쓰지요."

"아, 예."

부인은 무척 배려가 깊다. 대화의 소재를 조선의 것으로 골라내니 말이다. 나에게 이야기할 기회를 주는 것 같다. 그러나 나는 한지에 대하여도 아는 게 없다. 한지가 전주의 특산물이라는 것 정도. 그것도 연화에게 들은 것이다. 일단 아는 것을 말하기로 한다.

"조선의 한지는 전주 지방에서 나는 것을 최고로 칩니다."

"오호! 대단하십니다. 조선의 여성들은 아무것도 하지 않는다고 들었습니다. 그런데 마마는 그런 것을 아십니까? 존경합니다."

청나라 최고의 정승 부인이 나를 추켜세운다. 무릎까지 굽히며 고개를 숙였다. 나를 떠보려는 걸까?

결론을 빨리 내려야 한다. 조선의 궁중 예법이 이곳에서 먹힐 리 없다. 동방예의지국 조선의 며느리로 일반의 예를 따르기로 한다. 얼른 부인을 따라 머리를 살짝 숙이며 말했다.

"아닙니다. 부족한 것이 많습니다."

부인이 나를 따라 또 한 번 머리를 숙였다. 그 눈빛을 설명하자면, 뭐랄까? 진심 어린, 놀라움과 사랑스러움이 뒤섞인, 썩 어울리는 표현은 아니지만, 존경의 눈빛이 분명하다고 해야 하나? 부인의 대랍시에 걸린 보석이 정겹게 흔들렸다.

"저는 조선에 관심이 많습니다. 개인적인 이유도 있습니다만, 조선은 그만큼 가능성이 있는 나라입니다."

"가능성이요?"

내 나라 조선이 가능성이 있다고? 그 말이 담고 있는 진짜 의미는 알 수 없으나, '가능성'이라는 말에 눈시울이 뜨거워진다. 고마운 마음에, 나도 모르게 부인의 손을 잡았다. 그런데, 순간 느껴지는 둔탁함. 부인의 손이 내 어머니 손처럼 두툼하고 투박하다. 늘 젖어 있는 내 어머니 손이다. 가슴을 짓누르고 있던 긴장이 풀리는 순간이었다.

"제 손이 거칠지요? 하하."

부인이 내게 귓속말하고 웃었다.

"어머니 손처럼 정겹습니다."

"제가 일을 많이 해서 그렇습니다."

"일을요?"

"예. 집안일은 모두 제 몫입니다. 태사께서는 나랏일만 하시지요. 언제 구경 한번 오시지요."

"예, 고맙습니다."

환하게 웃는 태사 부인의 모습에 가식이 없어 보인다.

그런데 세자 저하의 얼굴이 창백하다. 무슨 일이 있는 걸까?

황실에서 돌아오자마자 저하가 몸져눕고 말았다. 의관을 불렀지만, 신통치가 않다.

'이럴 땐 내가 어찌해야 하는 겁니까? 아버지!'

밖으로 나와 하늘을 우러러보았다.

'어머니도 저 달을 보고 계실까?'

눈물이 나지만, 얼른 마음을 다잡는다. 내 나라가 살 방도를 찾아야 한다. 갑자기 체한 것처럼 속이 울렁거린다.

그때 내관이 다가와 저하가 막 잠들었다는 것을 알린다.

"고맙네. 휴~."

갑자기 다리에 힘이 떨어진다. 긴장이 풀린 탓이리라. 초간택 그 날 국수가 목에 걸려 기절할 뻔했을 때, 한 술의 김칫국물이 숨통을 열어 주었다.

"밖에 누가 없는가?"

주먹으로 가슴을 두드리며 김칫국물을 가져오라 나인에게 이른다.

12. 태사 부인을 스승으로

책을 놓고 밖으로 나가려는데, 나인이 색실로 묶은 두루마리 편지를 들고 들어왔다.

"태사 부인의 편지이옵니다."

나를 초청하겠다던 일이 생각났다. 예의상 주고받은 줄 알았는데, 초청장이 날아들었다. 역관을 불렀다. 체기가 다시 차오르는 느낌이다. 내가 청나라에서 태사 부인에게까지 굽신거려야 하나? 역관에게 거절할 방법을 물어야겠다.

"마마. 역관이 자리를 비워 늦을 듯합니다."

"자리를 비워?"

조선이었다면 어림도 없을 소리. 화 덩어리가 불쑥 올라왔다. 마당으로 나왔다. 활을 당기듯 마음을 가다듬어 보기로 했다. 궁에서 지내던 지난 9년의 세월이 떠올랐다.

새벽같이 일어나 궁중의 어른들을 찾아 문안을 드리고 남는 시간에는 책을 읽었다. 아이가 곧 태어났다. 아이는 곧 뒤집기를 하고, 토끼 같은 앞니를 보이고, 뒤뚱거리며 걸음마를 시작했다. 아이 키우는 일은 전적으로 유모의 몫이었다. 나는 그저 아이의 재롱에만 빠져 웃기만 하면 되었다. 내가 한 일은 그게 전부였다.

그러나 태사 부인은 직접 일을 한다고 했다. 손이 거친 것이 그 탓이라 했다.

여성으로 태어나 아무것도 할 수 없다고 울분을 삼킨 적이 있다. 승경도 놀이에 끼워 주지 않는다고 오빠들에게 화살을 들이대기도 했다. 하지만 놀이 때문이 아니었다. 여성 차별에 대한 울분이었다. 세자빈이 된 이후, 그걸 까맣게 잊고 지냈다. '조선의 부인들은 아무것도 하지 않는다.'라던 부인의 말이 가슴에 와 콕 박혔다.

"부르셨습니까? 마마."

급하게 달려온 듯 역관의 어깨가 위아래로 들썩였다.

"자리까지 비우고 어딜 갔던 것이요?"

"송구하옵니다. 실은, 내관들에게 중국어를 가르치고 있습니다."

"중국어?"

"예. 심양에 있는 동안은 이곳 말을 배워야 저들을 이길 수 있다고 설득하고 있습니다."

"음!"

머리를 한 대 맞은 기분. 입을 꾹 다물었다. 내 나라의 주권을 찾겠다던 나의 맹세는 말뿐. 한 치도 앞서가지 못하고 있는데, 역관이 시작했다.

"미안하오. 그런 줄도 모르고……."

부끄러움을 진정시키며 태사 부인의 초청장으로 말문을 열었다. 역관이 대답했다.

"태사는 청에서 제일가는 부호입니다. 상업으로 부를 이룬 가문으로, 국가의 재정을 움직일 정도입니다. 그런데 지금은 태사 부인께서 가업을 이끌어 가신다고 합니다."

"부인이 무슨 재주로?"

"직접 농사를 지으시면서 현장의 문제를 파악하고, 다른 한편으로는 태사 부인이라는 지위로 얻는 정보를 최대한 이용한다고 들었습니다."

"정보?"

연화가 그랬었다. 한산 모시가 좋은 것은 모시풀이 잘 자라는 환경 때문인데, 그곳에 가뭄이 들거나 수해가 나면 품질을 보장할 수 없다고. 그러니까 그곳의 날씨 정보를 잘 알아야 좋은 모시를 얻는 것이다.

"값을 결정하는 건 정보입니다. 이들은 그걸 불소라 합니다."

"불소?"

"예. 불타는 소통이라는 뜻입니다. 태사 부인은 정확한 정보를 알고 싶을 것입니다."

"그래서 일전에 한지를 직접 구한다고 했군."

특산품은 가격이 천차만별이라던 연화의 말이 머리를 스쳤다.

"마마를 조선을 대표하는 분으로 생각할 것입니다. 훗날, 마마가 조선 최고의 능력자가 되실 것을 아니까요."

"음~."

청나라를 움직일 수 있을 만큼의 재력. 그게 태사 부인의 손에서 나온다는 이야기다. 부인을 만나야겠다. 나라가 잘 살아야 힘도 생기는 법. 부인의 초청에 응한다. 지난번 부인은 인삼에 대해 궁금해했다. 책을 펼쳤다.

인삼은 정신을 안정시키고 건망증을 없앤다. 놀라 가슴이 뛰는 것을 멈추게 하고, 두뇌 활동을 활발하게 한다. 무기력한 체질이나 선천적 허약자, 몸이 항상 차고 추위를 많이 타는 사람, 땀을 많이 흘리는 사람, 소화 기능이 약한 사람에게 좋다. 조선 인삼은 뇌두가 크고 뿌리가 단단하며 맛과 성분이 탁월하다.

다음엔 홍삼 증포 기술에 대해서도 알아볼 생각이다.

"환영합니다. 마마!"

태사 부인의 연회에는 청의 황실에서 만났던 몇몇 부인도 와 있었다. 궁궐에서와 달리 태사 부인은 큰 소리로 말하고, 크게 웃었다. '내가 포로이기 때문일까?' 조금 부담스러웠다.

"마마. 조선은 활도 으뜸입니다. 저의 집 활터를 보시겠습니까?"

"활터요?"

내가 활터를 좋아한다는 정보를 어디서 들었을까? 부인이 앞섰다. 정원 뒤쪽에 넓은 활터가 있었다.

"고향 생각이 납니다. 어렸을 때, 사대에 오른 적이 있습니다."

"오! 활도 다루시는군요. 역시 마마는 특별하십니다."

"아니요. 몇 번 당겼을 뿐입니다."

"대단하십니다. 조선의 여성들은 바느질하는 침모도 따로 두고, 요리하는 찬모도 따로 둔다지요? 저희는 직접 농사도 짓고 사냥도 합니다."

'사냥'이라는 말에 내 얼굴이 벌겋게 달아올랐다. 나는 손가락 하나 움직이지 않고 갓난아기처럼 입혀 주는 옷을 입고, 변기에 똥을 싸는데.

부끄러워서 부인의 얼굴을 바라볼 수가 없었다.

활터 옆 마장에 열 마리가 넘는 말이 있었다. 모두 농사를 지을 때 필요한 말이라고 했다. 그런데 채소밭을 보려면 말을 타야 한단다. 밭이 멀기 때문인 줄 알았는데, 한 바퀴를 도는 데 한 시간이 걸리기 때문이라고 한다. 놀라움을 감추려고 입을 꼭 다물었다.

마장에 떠날 차비를 끝낸 백마가 나를 기다리고 있었다. 말 앞에는 큰 개가 버티고 있었다. 안내견이라는데, 부인을 지키는 호위무사 같았다. 함께했던 이들이 익숙한 듯 높은 말 위에 가볍게 올랐다. 나도 허리를 곧게 세우고 말 등으로 훌쩍 뛰어올랐다.

"히이잉!"

내가 탄 말이 머리를 흔들었다. 너무 긴장한 탓에 말 엉덩이를 걷어찼기 때문이다. 하마터면 곤두박질할 뻔했다. 별일 아닌 듯 표정을 다듬었다.

"죄송합니다. 마마를 놀라시게 해 드렸습니다."

자기 잘못이라도 되는 것처럼 태사 부인이 정중하게 고개를 숙였다.

"아닙니다. 저의 실수였습니다."

이게 얼마 만인가. 솔직하게 나의 실수를 인정하는 것 말이다. 부인을 향해 나도 고개를 숙였다. 마음이 통한다는 것. 환하게 웃는 부인을 따라 나도 웃었다.

"그래, 이 많은 농사를 부인께서 직접 하신다는 말입니까?"

"예. 마마. 주인이 같이 일하면 일꾼은 동업자가 됩니다. 동업자가 아닌 일꾼은 품값만 탐내는 잡부지요."

부인의 말은 귀한 가르침이다. 부인과 있으니, 하루가 쏜살같이 지나갔다. 어스름 노을이 오히려 아쉬웠다. 내 마음을 아는지 부인이 상자 하나를 내밀었다.

"마마. 저희에게는 마음이 통하는 사람을 만나면 옷을 바꿔 입는 풍습이 있습니다. 이것은 저희 전통 옷입니다만, 마마께 드리려고 최대한 조선옷처럼 디자인했습니다."

"아이고 이런, 전 아무것도 준비하지 못했습니다."

"마마를 생각하며 기쁘게 준비했습니다."

연화와 순어미가 저고리를 바꿔 입던 모습이 떠올랐다. 나에게도 친구가 생긴 걸까? 호미를 들고 밭으로 나가 부인과 함께 일해보고 싶은 충동. 자신을 돕는 노예조차 동업자라 부르는 부인의 말이 가슴을 뭉클하게 만든다.

관소에 도착해 짐을 풀자 엄청난 양의 비단이 나왔다. 내가 선물로 홍삼을 보냈더니 부인이 답례한 것이었다. 역관이 비단을 살피며 열심히 계산했다. 그런데 결과가 놀라웠다. 보내온 비단이 내가 가져간 홍삼의 시세에 딱 맞춰진 양이라는 것이다.

"더도 덜도 아니고, 시세에 맞춰?"

철저한 부인이다. 다음에 부인을 만나면 활을 한 번 당기리라. 그 전에 먼저 활부터 구해야겠다.

13. 기회의 땅

청의 황실에서 20만 평의 땅을 주겠으니 관소의 식량을 직접 해결하라고 했다. 농사를 지으라니, 이것은 세자의 지위를 내려놓으라는 것과 다름없었다.

"이럴 수가 있나!"

상궁 나인을 물리고 혼자 눈물을 찍었다. 농사는 또한 정착을 의미한다. 다시는 조선으로 돌아갈 수 없을지 모른다. 저하는 몇 시간째 말이 없었다. 그러나 순간, 번개처럼 떠오르는 생각.

"저하! 황제에게 농사지을 사람을 보내 달라고 하세요. 우리 백성을 한꺼번에 100명쯤 데려올 수 있는 기회입니다."

오랜만에 저하의 말이 요란한 말발굽 소리를 내며 달렸다. 가슴이 뛴다. 울어야 할지 웃어야 할지 갈팡질팡. 저하도 나처럼 며칠을 서성거리기만 했다.

드디어 내관이 저하 앞에 허리를 굽혔다.

"저하. 황제가 보낸 노예가 곧 당도한다고 합니다."

노예라는 말에 가슴이 덜컹 내려앉았다. 청에서는 우리 백성을 노예라고 부른다는 것을 알면서도, 배탈이 난 것처럼 속이 울렁거렸다. 백성을 지켜 주지 못한 미안함이 머릿속을 어지럽혔다. 저하가 내관에게 쓸쓸하게 말했다.

"고생 많았다."

백성을 노예로 넘기고도 돌아보지 못하는 조선. 너무나 부끄러운 일이었다.

당도한 노예 중 누군가가 "마마!" 하며 내 앞에 쓰러졌다. 여인은 울음을 참느라 숨도 제대로 쉬지 못했다.

"마마의 처소에 있던 궁인, 귀녀이옵니다."

"넌, 공주마마를 따라 청으로 온 궁인이 아니냐? 네가 어찌 노예가 되어서 와?"

"마마!"

귀녀는 고개만 좌우로 흔들었다. 이유가 무엇이든 트집 잡히면,

궁인도 노예가 된다고 했다. 그렇게 끌려다니는 백성이 60만이라고 저들이 자랑삼아 떠든다고 했다.

"60만······."

전쟁에서 패했으니, 그 어떤 수모라도 그저 견뎌내야 했다.

"울지 마라. 이제부터 함께 잘살아 보자."

귀녀의 어깨를 한참 동안 다독였다. 그날 밤, 나는 잠을 이루지 못했다. 이곳엔 농사를 지어 본 경험자가 없다. 관소에 있는 사람이라면 모두 양반이었기 때문이다. 양반은 굶을지언정 농사를 짓지 않는다. 어린 날 귤나무를 심고자 농사직설을 읽은 적이 있지만, 기억이 가물가물하다.

내관이 행랑채 설계도를 들고 와서 말했다.

"작물 가까이에 사람을 두려고 합니다. 농지를 둘로 나누고 토지 중간에 각각 숙소를 짓습니다. 난방은 온돌로 하고 건물 가운데 부엌을 두겠습니다. 관소가 담당할 수 있는 농지가 14만 평이니, 농사철에는 별도로 사람을 고용해야 합니다."

내관은 농사는 해 본 적 없지만, 일머리는 있었다.

역관과 함께 들로 나갔다. 황제가 내린 땅은 황무지와 다름없었다.

푸르게 흔들리던 고향 밀밭이 생각났다. 입이 새까매지도록 깜부기를 빨아먹던 조무래기들은 어떻게 지낼까? 이제 어른이 되었을 것이다. 그리운 시절.

"청밀을 심어야 하나?"

내가 아는 농사는 청밀뿐이다. 문득, 태사 부인이 머릿속에 떠올랐다. 그렇다, 여긴 조선이 아니다, 태사 부인처럼 일해야겠다. 농민이 되는 거다.

'노예라고 불리는 나의 백성들은 동업자이다.'

혼자 말하고 입술을 깨물었다. 이곳에 끌려온 조선인을 데려와서, 이 땅에 또 다른 조선을 세우는 거다. 그래, 그들을 데려온다.

"이곳에 맞는 우리 작물도 있을 거요. 책을 찾아봅시다."

그러나 말이 끝나기도 전에 한숨이 나왔다. 종잡을 수 없는 심양의 날씨 때문이다. 그래서인지 나는 기침이 떨어지지 않았다. 그래도 살아야 한다. 내 백성들이 여기 이곳에서 노예가 되지 않았는가.

"농업에 관한 다른 책은 없소?"

"마마! 파종이 임박했습니다. 우선 그것부터……."

"그래요? 그럼, 파종부터 해야지요. 종자는 확보되었소?"

"조선에 장계를 올렸으나, 아직 도착하지 않았습니다."

"그럼 파종은 언제 합니까?"

"종자가 오는 대로 시작하겠습니다."

"파종이 급하다면서요?"

불같이 소리를 지르고 마음을 가다듬는다. 조선이 일하는 방식은 앉아서 먹을 것을 기다리는 것이다. 적이 쳐들어온다고 해도 내가 가야 이긴다, 네가 가야 이긴다며 토론으로 끝을 보는 사람들. 그 속 터지는 논쟁을 지긋지긋하게 보아왔다. 나는 행동으로 한다.

"태사 부인에게 간다고 연락해 주세요."

잠시 후, 다시 물었다.

"태사 부인에게 연락이 갔습니까?"

"곧 떠날 것입니다."

"아니, 됐소. 내가 직접 갑니다."

고삐를 움켜잡고 말에 오르는 순간, 채찍을 갈겼다.

요란한 말발굽 소리를 듣고 부인이 채소밭에서 뛰쳐나왔다.

"어쩐 일입니까? 기별도 없이"

"예. 상의드릴 일이 좀 있어서요."

"마침 잘 오셨습니다. 그렇지 않아도 연락을 드리려던 참입니다.

제일 먼저 마마께 보여드리고 싶은 것이 있어서요."

부인이 내 팔을 당겼다. 궁금했다.

"어제 들어온 공작새입니다."

"공작새요?"

나의 태몽까지 알아낸 걸까? 가슴이 뛰었다. 꼭 한번 보고 싶었던 새다.

"마마. 이 새는 제 깃을 목숨처럼 소중히 여긴답니다. 사람이 다가가도 꽁지깃이 상할까 봐 저항하지 않지요. 자기 가치를 지키기 위해 목숨을 거는 겁니다. 꿈에 꼬리를 펼친 공작새를 보면 당대 최고가 된다는 예언이 있지요."

부인이 말이 끝나는 순간, 공작새가 꽁지깃을 펼치기 시작했다. 아니다. 봉황이 하늘 반쪽을 물고 내려와 무지개를 펼쳤다. 어머니가 봉황 족자 앞에서 까치발하고, 팔을 크게 벌려 그리려던 건 무지개였다.

"공작새가 마마를 알아보는 모양입니다."

부인의 말이 아련하게 들렸다. 나는 공작새를 보는 순간 까마득히 어머니의 생각 속으로 빠져들었기 때문이다. 부인이 나를 가볍게 흔들었다.

"마마!"

"아, 예. 공작새입니다. 꼭 한번 보고 싶었습니다. 참으로 멋진
새입니다……."

정신을 차리며 말했다. 나는 공작새의 그 황홀함이 무서웠다.

"마마. 그런데 어떻게 오셨는지요?"

"아, 예. 공작새의 아름다움에 그만 정신이 아득했습니다. 부인
께 부탁이 있어서 왔습니다. 황제께서 경작지를 주셨는데, 아직
종자를 구하지 못하였습니다."

"종자요? 제게 당장 심어도 좋을 만한 종자가 있습니다."

"당장 심어도 좋은 종자라면?"

"채소 씨앗입니다. 볍씨나 콩은 조선에서 구하셔도 늦지 않을 것
입니다. 뭐든 조선의 것이 좋지만, 파종 시간이 급하니 채소는
여기 것을 심어도 좋을 것입니다."

태사 부인은 우리가 토지를 경작하게 된 것을 알고 있는 듯했다.
종자 가마니가 이미 수레에 실려 있었기 때문이다. 역관의 말이 정
확했다. 먼저 움직이게 하는 것은 정보였다.

"고맙습니다."

"태사의 고조부는 조선에서 건너와 이곳에서 상업으로 성공한

분입니다. 조선의 피가 흐르는 셈이지요."

"아!"

양반, 상놈, 출신 성분 같은 건 따지지 않는 나라. 누구든 최고가
되면 인정하는 나라. 괜히 머리가 깊이 숙여진다.

14. 나는 농부다

"농사는 경험이 가장 중요하다고 하니 오늘부터 농사 일기를 쓰도록 하고, 그날로 관소에 제출하세요. 내가 직접 점검할 것입니다. 물론 나도 같이 일할 거예요. 태사 부인처럼."

내 밀에 내관의 눈이 휘둥그레지더니 꺼질 듯 몸을 낮추었다.

"마마. 죽여주시옵소서!"

"죽고 싶다는 사람에게 농사를 두 배로 시킬 생각이오. 앞으로는 딱 필요한 말만 합시다. 쓸데없는 말 주고받을 시간이 없어요."

"하오나 마마께서 직접 농사를 지으시다니요……."

"조선에서의 생각은 버리세요. 이곳에선 이곳 문화를 따를 겁니다."

"하오나!"

"다들 각오하세요. 황무지에 곡식을 심으려면 오줌 한 방울도 귀할 거예요. 하여 농지를 6조각으로 나누어 길을 내고, 길가에는 뒷간을 설치합니다. 기둥 사이에 개구멍을 만들어 거름을 쉽게 퍼낼 수 있도록 하시고요. 나도 똥 치우는 일을 거들 것이오."

모두가 허리를 굽히는데 복이 상궁만 엉거주춤 서 있다. 복이 상궁은 여차하면 요강을 들이댔는데, 할 일이 없어져서 낙심한 것일까?

"복이 상궁은 뒷간 담당이다. 하루 한 번 뒷간을 돌며 오줌 한 방물도 헛되이 새어나가지 않도록 하는 것이 너의 일이다."

"황공하옵니다. 마마"

복이 상궁의 얼굴이 펴졌다. 독심술은 따로 배우는 게 아니었다. 진심 어린 눈으로 관심이 깊어지면 마음이 보이는 법이다. 이제부터 독심술의 대상은 농작물이다. 벼, 콩, 약초, 채소와 대화하리라. 괜히 웃음이 났다.

그때다. 잠시 나갔던 내관이 싱글벙글 웃으며 들어왔다. '농사의 신'을 찾았다는 것이다. 박 씨라 불리는 그는 행정 관리의 집에 노예로 왔는데, 성실함에 감탄한 주인이 현지 고용인처럼 살게 해 주었다고 한다. 박 씨는 주인을 대신해 1만여 평의 농지를 경작하고 있으며, 계절노동자도 그가 직접 고용한다고 했다.

박 씨를 만나러 가겠다고 하자 내관이 펄쩍 뛰었다. 세자빈이 노예를 찾아가는 건 천부당만부당한 일이니, 불러들이겠다는 것이다.

"앞장서시오. 필요한 사람이 가야지, 바쁜 사람을 왜 부릅니까? 여긴 조선이 아닙니다!"

당황한 내관이 주춤거렸으나 독촉에 못 이겨서 앞장섰다.

박 씨의 농지에는 막 싹을 틔운 메밀이 파릇파릇 돋아 있었다. 박 씨는 20여 명의 일꾼과 함께 싹을 밟고 있었다.

"메밀을 밟는 이유가 있소?"

"언 땅이 녹으면 흙이 솟습니다. 뿌리를 튼튼하게 하려면 밟아 줘야 합니다."

"그래요? 농사를 지은 지는 얼마나 되었나요?"

"농사를 직접 지은 건 여기 와서입니다."

맞는 말일 게다. 조선의 토지는 양반 소유고, 농사를 짓는 건 평민이나 천민이니까.

"혹시 농사에 도움이 될 만한 방법이 있으면 알려주시오."

"벼는 종자를 직접 파종하는 것보다 묘를 내어 옮기는 것이 일손을 더는 일입니다. 참외는 가지를 따 주어야 알이 굵습니다. 다

른 작물도 대부분 같습니다."

박 씨의 대답은 직접 농사를 지으면서 얻게 된 지혜였다. 싹을 내어 옮겨야 하는 농작물과 직파해야 하는 작물을 분리하기도 하고, 일찍 수확해야 할 것과 파종이 늦을수록 좋은 종자를 나누기도 했다. 콩은 한꺼번에 세 알을 심는단다. 한 알은 새를 위하여, 다른 한 알은 벌레를 위하여, 나머지 한 알은 우리를 위해서란다.

후한 대접을 받고 있다고는 하나, 노예의 삶이 녹록지 않을 것임에도, 그는 늦은 시간에는 일을 도울 수 있다는 말을 잊지 않았다. 돌아오는 길에 내관에게 물었다.

"박 씨의 고향은 어디라고 합니까?"

"한양 근교의 금천현이라고요!"

'금천현이라……'

나의 옛집은 금천현 노온사리. 굳이 참외의 알을 굵게 하는 방법을 이야기하는 것을 보면 박 씨가 혹 내가 아는 그 조무래기 중 하나가 아닐까? 당장 돌아가 박 씨에게 묻고 싶었다. 하지만 개인적인 것은 나중에. 허비할 시간이 없다.

관서로 돌아와 책을 폈다. 키 큰 옥수수 사이에 강낭콩을 심는 것을 간작이라 한다. 수확량은 2배.

나무를 높이 세워 호박 덩굴을 올리고 그 아래에는 음지 식물을 심는다. 역시 수확량을 늘리는 방법이다.

밭둑에 콩을 심는 방법도 있다. 콩은 영양분을 만들며 자라는 식물이니, 따로 거름을 주지 않아도 된다.

"마마. 파루[34]가 울린 지 오래입니다. 벌써 아흐레째, 옥체를 보존하소서."

할 일이 있으면 나는 그 일에 빠져 밤인지 낮인지 구분을 못 한다. 농사 책을 펼 때마다 2배 수확이 눈앞에 아른거리는데, 숙직 나인은 나를 재울 생각만 한다. 똥꼬 닦아 주는 복이 상궁을 폐지했더니, 이번엔 숙직 상궁이 말썽이다.

"알았다. 그리하마."

나보다 애타하는 숙직 상궁을 생각해서 자리에 누웠다. 농사 일기가 눈앞에서 아른아른. 잠이 오지 않는다. 그늘진 곳과 북쪽 땅엔 나무를 심어 겨울바람도 막고, 수해도 막고.

"너희 다래나무 아니?"

고향 집 밀밭에서 봄볕에 그을려 새까매진 조무래기에게 물었

---

34) 파루: 통행금지 해제를 알리기 위해 종을 치던 일.

었다.

"밀밭 반대편 산기슭에 가면 다래나무가 있어. 가을에 가면 열매가 지천이야. 먹는 열매야." 하며 열심히 설명했었다. 씨앗이 자금자금 씹히는 달콤한 열매들. 애들이 따 먹었을까? 그때 열매는 많이 달렸을까? 코흘리개 누렁코는 어떻게 자랐을까? 그 조무래기들도 박 씨처럼 어른이 되었겠지.

"너희, 개똥참외 알지?" 하고 내가 말했을 때, 눈이 탱글탱글하던 아이들. 오빠의 개똥참외를 그 애들이 먹었을까? 배고픈 아이들은 분명 참외가 익기도 전에 땄을 거다. 오빠에게 들키진 않았을까? 어느새 10년도 넘었다.

생각이 자꾸 딴 데로 튄다. 생각을 다시 추스른다. 이곳의 추위를 견디는 나무를 찾아야 한다. 약재로 쓰이는 가시오갈피나, 백오동을 심어 청의 황실에 약재로 공급하면 좋을 것 같다. 아니다. 크는 데 시간이 너무 많이 걸린다. 그보다는 빨리 크는 나무가 좋겠다.

엄나무는 약으로도 쓰지만, 향이 좋아 나물로도 이용한다. 해열제로 쓰이는 초피나무는 음지에서도 잘 자란다. 산자락에 붙은 농지는 낙엽을 거두어 거름으로 써야겠다. 거름이 부족한 황무지엔

콩을 심는다. 파종이 끝나면 어린나무를 잘라 거름을 만들어야 한다. 책에 있는 건 무작정 따라 한다.

좀 기록해 두어야겠다. 벌떡 일어났다. 하지만 다시 눕는다. 숙직 상궁을 생각해서다. 다시 누워 눈을 감는다.

감초 나무는 춥고 건조한 날씨에서도 잘 자란다. 소화가 안 될 때 복용하면 효과가 있다. 감초야말로 심양의 날씨에 딱이다. '아! 연화가 말했던 나물밥.' 그래, 생각났을 때 기록해야 한다. 이건 어쩔 수 없다.

"불을 밝히도록 하라."

"예? 예. 마마."

잠깐 졸기라도 한 걸까? 숙직 상궁이 당황하는 눈치다. 연일 잠을 못 잤을 터이니, 졸리기도 할 거다. 연화는 전주에서 비빔밥을 먹었다고 했다. 관절염에 좋다는 곰취. 부인병에 좋다는 질경이, 풍을 예방하는 방풍나물, 그리고 돌나물, 곤드레나물……. 씀바귀는 몸에도 좋지만, 맛은 더 좋다고 했다. 조선에서 씨앗을 가져와야겠다.

약초가 정리된 책을 폈다. 유년의 생각이 떠올랐다. 코피가 잦은 나를 위해 어머니는 엉겅퀴 뿌리를 삶아 주셨다.

어성초는 잎을 말려 고름이 잡힌 상처에 바르면 효과가 있다. 책 장을 넘길 때마다 정신이 또렷해진다. 새해에는 한 톨이라도 우리 것을 써야겠다.

"마마! 옥체를……."

"야, 책 좀 읽자. 재미있어서 그래."

"통촉……."

숙직 궁인의 말을 뚝 잘랐다.

"통촉 없다. 그냥 할 말만 하자."

"하오나, 마마……."

들은 척 안 하고 다시 말을 잇는다.

"남문 노예 시장에 가서 우리 백성들을 데려올 것이다. 하루에 2 명이면 1년에 700여 명. 10년이라야 만 명도 안 되는구나. 이곳 에 우리 백성이 60만 명 있다는데……."

"황공하옵니다."

"천 리 길도 한 걸음부터라 했다. 두고 봐라. 우리 백성들과 함 께 이곳을 조선 땅으로 가꿀 것이다. 귀녀 이야기 못 들었느냐? 궁녀도 여차하면 노예가 된다. 내 어찌 편한 잠을 잘 수 있겠느 냐?"

"망극하옵니다, 마마."

귀녀를 입에 올리자, 칼로 그은 듯 가슴이 쓰리다. 날이 밝는 대로 관소에 남은 돈이 얼마인지 알아보아야겠다. 우리 백성을 한 명이라도 더 데려와야 한다. 첫해 농사는 경황없이 시작하지만, 내년부터는 어림없다. 쌀 2,000석이 아니라, 4,000석이다. 두 배가 목표다.

15. 쉽살재빙[35]

　태사 부인이 관소를 방문했다. 내가 달려 나가 덥석 부인의 손을 잡았다.

　"어쩐 일이세요? 연락도 없이."

　"까까! 급한 일이라 미리 연락을 드리지 못했습니다."

　부인이 손을 잡은 채로 허리를 숙였다.

　"스승님은 아무 때나 오셔도 됩니다."

　스승이라는 말에 부인이 놀라는 표정을 짓는다. 내친김에 말을 이었다.

---

35) 쉽살재빙: '쉽게만 살아가면 재미없어 빙고'를 줄인 말. 힘들거나 어려울 때 스스로를 위로하기 위해 외치는 신조어이다.

"부인은 저의 스승입니다. 가르침을 주시면 무엇이든 따르겠습니다."

옆에 서 있던 나인이 허리를 숙이며 "마마!" 하고 입을 삐쭉거렸다. 세자빈은 일반인을 스승으로 둘 수 없다는 말을 하려는 게 뻔하다. 나인을 향해 찌릿한 눈빛을 쏘며 부인에게 다시 말했다.

"스승님! 앞으로 많은 가르침을 주세요. 저는 모르는 게 많습니다."

"아휴~. 마마께서 저의 스승이 되셔야지요. 마마, 제가 오늘은 왕가에서 보내는 편지를 전하러 왔습니다."

"왕가라면 황제 폐하의 가문이라는 뜻인가요?"

"그렇습니다. 답을 주실 때도 저를 부르시면 달려오겠습니다. 그럼, 이만 물러갑니다."

중요한 심부름이니 그 목적에만 충실하겠다는 듯, 전에 없이 머리를 깊이 숙이더니 곧 돌아섰다.

"농사도 모자라 이번에는 나더러 상민이 돼라!"

편지를 접한 저하의 얼굴빛이 붉으락푸르락했다. 편지는 은자 500냥을 보내니 인삼, 면포, 수달피와 같은 물건을 가져오라는 명령서였다. 그 돈이면 조선의 수도 한성에서 50칸짜리 집을 살 수 있었다. 세자에게 이번엔 상민이 되라는 요구였다.

"저하. 제게 맡겨 주세요. 제가 합니다."

자리에서 벌떡 일어나 밖으로 나갔다. 뽀얀 먼지를 일으키며 달려오는 말을 보자, 태사 부인이 고개를 갸웃거렸다. 말 주인이 나라는 걸 알아낸 부인이 놀란 듯 눈꼬리를 높였다. 내가 먼저 말했다.

"스승님. 솔직하게 말씀드리겠습니다. 조선에서 상업은 천민의 업입니다. 우리 저하께서 이 일을 꼭 하셔야 합니까?"

부인이 잠시 머뭇거리더니 입을 열었다.

"제 생각을 말씀드리겠습니다. 세자 저하와 청의 왕실이 주고받는 거래는 상업이 아니라 무역입니다. 나라 안에 부족한 것과 흔한 것을 교환하는 것은 국가가 해야 하는 일입니다."

"국가가 해야 할 일?"

연화가 그랬다. 지독한 흉년으로 조선에서는 면포 1필로 쌀 1말을 바꾸기 어려울 때, 중강시장에서는 청나라 상인은 쌀 20말을 주었다고. 머릿속이 갑자기 환해졌다. 지금은 은자를 받고 홍삼을 주지만, 훗날엔 홍삼을 주고 쌀을 달라고 할 것이다. 굶주린 백성을 살릴 것이다.

부인이 내 앞에 차 한 잔을 놓으며 말을 이었다.

"제가 메밀로 만든 차입니다. 이곳에서는 천 년 전부터 메밀을 재배했습니다. 메마른 땅에서도 잘 자라고, 병충해에도 강한 작물입니다. 메밀은 장의 기능을 좋게 하고 혈압을 조절한다고 합니다."

"메밀에 대해 소상히 아시는군요."

"알아야 장사를 하니까요."

"아! 저도 배우겠습니다. 무엇부터 배워야 할지 모르겠지만……. 궁에서는 똥!"

아차, 실수. 입을 막았다. 똥까지 닦아 준다는 말을 할 뻔했다.

"마마를 만난 건, 저에게 행운입니다. 왕가의 일을 처리하신 후에 제 사정도 봐주세요."

관소로 돌아오며 연화를 생각했다. 가격이 천차만별이어서 제주도에서는 말 1필이 쌀 20석인데, 나주에선 40석이고 한양에선 80석이라고 했다. 마음이 급했다.

내관에게 일렀다. 시장으로 가서 조선 인삼, 면포, 수달피, 꿀이 얼마에 팔리는지 알아보라고.

내 성미를 아는 탓이리라. 두어 시간 남짓에 내관이 헐레벌떡 달

려왔다.

"청나라는 오랜 전쟁으로 물자가 턱없이 부족합니다. 물품마다 차이는 있지만……."

내관이 가격표를 내밀었다. 듣던 대로 조선의 물건이 이곳에선 10배, 20배 이상 높았다. 태사 부인이 말했었다. '조선은 10배의 가치를 만드는 나라'라고.

"저하. 왕가에서 보내온 은자 500냥이면 50냥으로 물건을 구입하고 나머지 450냥으로 우리 백성 10명을 데려오겠습니다. 노예 시장에 나온 여인이나 병든 사람을 먼저 구하겠습니다. 조선의 백성, 흑흑……."

눈물이 쏟아졌다. 그들은 맨발로 끌려와 노예가 되었다. 피투성이가 되어 허공을 바라보던 눈망울. 그 백성을 위해 아무것도 하지 못하는 조선. 그 생각을 하니, 숨이 쉬어지지 않는다.

"마마!"

내관이 바닥에 엎드리며 고개를 주억거렸다. 나인들이 함께 울음을 터트렸다.

"이제 내가 할 일을 찾았습니다. 내관, 앞장서세요. 다시 태사 집으로 갑니다."

내관의 행동이 민첩해졌다. 갑작스러운 방문에 태사 부인이 놀란 표정이다.

"스승님께서 제게 부탁할 것이 있다 하셨는데, 그게 무엇입니까?"

"홍삼이옵니다. 은자 700냥입니다."

"700냥이요? 그럼 20명."

"20명이라니요?"

"아, 아닙니다. 짐을 실어낼 사람을 헤아리는 중이랍니다."

내 머릿속은 오직 노예 시장에서 우리 백성을 몇 명 데려올 수 있는지, 그 생각뿐이다.

'심양 관소 앞마당에 번개시장을 열면 매일매일 우리 백성을 데려올 수 있을 거다. 붉은 옷의 청인이 떼로 모여들면 내가 직접 나가 환영할 거다.'

내 속을 보기라도 하는 듯, 내관이 머리를 조아렸다.

"대문간에 상인을 불러들이는 일입니다. 다시 한번 숙고해 주시옵소서."

"길이 보이면, 그곳으로 갈 뿐입니다."

갑론을박은 단 몇 초 만에 끝났다. 내관도 적응을 제대로 하는 것 같았다. 말을 곧잘 알아들었다.

관소가 시장통으로 변하는 것은 순식간이었다.

"보세요. 조선 물건이라면 저들이 미친 듯 달려들지 않습니까. 오늘은 얼마를 벌었소? 남문시장으로 떠날 채비를 하시오. 어서 우리 백성들을 구합시다."

내 말끝에 저하가 "혼자 애쓰는 것 같아 미안합니다." 하며 손을 당겨 쓰다듬었다.

"왜 혼자라 하십니까? 이게 다 저하가 도와주시는 일인데요. 지난번 태사 부인이 700냥을 보냈을 때, 우리 백성 20명이 왔습니다. 이번엔 1,000냥입니다. 저들이 백성의 몸값을 200냥, 250냥 부르지만, 병들고 힘없는 백성은 30~40냥입니다. 이들부터 데려옵니다. 건장한 백성은 좀 더 견딜 수 있을 것입니다. 관료의 부인들도 직거래를 텄습니다. 홍삼을 달라, 수달피를 달라, 난리가 아닙니다."

저하의 입이 살짝 일그러졌다. 고개를 돌리는 저하의 볼에서 눈물이 흘러내렸다. 애써 눈물을 참으며 내가 말했다.

"저하! 고국으로 보낸 백성이 자결을 했답니다. 가문의 수치라며 문전박대를 당했다는 소문입니다. "

"나도 들었소. 그게 다 나의 책임인 것 같아, 마음이 무겁소."

"나라가 구하지 못한 백성에게 화냥년이라니요. 왜 그리하는지 모르겠습니다. 흐흑."

저하가 흐느끼는 내 등을 쓰다듬었다. 노예에서 해방되면 행복해질 줄 알았는데, 그렇지 않았다. 고향으로 돌아간 여성에게는 자결을 강요했다고 한다. 하지만 눈물을 거둔다. 다시 마음을 다잡는다.

"돌아오는 백성들까지 모두 함께 살아갑니다. 관소에 들어온 모두에게 땅을 고르게 나누어서 일하게 합니다. 평균 이상의 수확을 내는 백성에겐 그만큼을 상으로 돌려주겠습니다. 우리 조선은 경선군[36]이 알아서 할 것이고, 우리는 이곳에서 조선의 재력을 다지는 일을 합니다. 우리가 밟고 있는 이 땅을 조선인의 것으로 만들 것입니다. 마마!"

"건강도 돌보며 하시오"

저하가 이번엔 희미하게 웃었다. 이제 희망이 보인다는 뜻이다. 나는 하루에도 두세 번 남문시장을 드나들었고, 관소로 들어오는

---

36) 경선군: 소현세자와 강빈의 장남. 할아버지와 아버지의 갈등에 휘말려 동생들과 함께 제주도로 쫓겨나 병으로 세상을 떠게 된다.

우리 백성은 나날이 늘어났다. 앞만 보고 달렸다. 더러는 악덕 상인이라고 오해도 받았지만, 무슨 상관이랴. 나는 오직 백성을 데려오는 일에만 몰두했다.

3년 동안 나의 계획은 단 한 번의 수정도 없이 마무리되었다. 심양 관소의 모든 것이 안정되었다. 언제 변덕을 부릴지 알 수 없는 청의 태도를 대비해 금 160냥, 쌀 4,500석도 비상식량으로 숨겨두었다. 관소가 고립된다 해도 1년 이상 먹을 수 있는 식량이었다.

"저하! 내년에 불러들일 새로운 동업자는 1,000명이 목표입니다. 태사 부인의 재력은 청의 재정을 능가한다 하니, 기회를 봐서 은자 10만 냥을 차입해 우리 백성을 데려오겠습니다. 큰 상단을 꾸리겠다고 하면 믿을 것입니다. 부인은 분명 저를 도와줄 것입니다."

더 없는 희망으로 부풀었던 그날, 무슨 불길한 예감이었는지 삭풍이 관소 안채까지 파고들어서 창문을 흔들어 댔다. 그날 순치제[37]의 칙서[38]가 도착하리라고는 꿈에서도 생각하지 못했다.

"조선으로 돌아가라."

---

37) 순치제: 홍 타이지가 죽고 등극한 청나라 세 번째 황제.
38) 칙서: 임금이 특정인에게 알릴 내용을 적은 글이나 문서.

칙서를 펼치는 순간 울음을 터트렸다. 이곳에 조선을 세우겠다는 나의 계획이 들통이라도 난 걸까? 8년 만에 우리를 인질에서 풀어 주겠다는데도, 나는 저하를 부둥켜안고 통곡하기 시작했다.

"저하, 어찌하면 좋습니까? 피투성이로 발버둥 치는 백성을 두고 우리만 조선으로 가라고 합니다. 어찌합니까? 어찌하면 좋습니까? 으~흐흐흑!"

하지만 곧 눈물을 거두었다. 이제부터는 내 나라 조선에서 희망 꽃을 피울 것이다.

1637년 새날. 담담하게 저하와 귀국길에 올랐다.

소현세자빈 강 씨(1611~1646)

　본관은 금천이며, 일반적으로 강빈(姜嬪)으로 많이 불린다. 귀주 대첩을 승리로 이끈 고려의 장수 강감찬의 18대손으로 남성 못지않은 기개와 총명함을 지녔다. 강 씨는 1627년(인조 5년) 12월 4일 세자빈으로 책봉되었으며, 12월 27일 17세의 나이로 한 살 어린 소현세자와 가례를 올렸다.

　1636년(인조 14년) 12월 14일, 병자호란이 발발하자 강화도로 피난하였으나 다음 해 1월 30일, 인조가 삼전도에서 청나라에 항복하자 강화조약에 따라 소현세자와 함께 심양에 볼모로 잡혀갔다.

　세자 부부가 머물던 심양관에는 식솔이 200여 명에 이르러 상당한 운영 경비가 필요했으므로 청나라 황실에서는 땅을 내주고 직접 갈아먹게 하였다. 그러자 강 씨는 적극적으로 농사를 짓고, 청인들이 조선 물품에 관심이 있다는 것을 알고 무역 거래를 활발히 하여 많은 돈을 벌었다. 강 씨는 이렇게 번 돈으로 청에 노예로 끌려간 조선인을 구해왔다. 또한 소현세자는 이 재물을 바탕으로 조선과 청의 원만한 관계를 위해 청나라의 고관들과 교분을 나누었다.

그렇게 소현세자와 강 씨는 8년 동안 심양에서 인질 생활을 끝내고 귀국하게 되었으나, 인조는 청나라가 소현세자를 왕으로 세우고 자기를 폐위시킬지 모른다고 의심하였다. 그러던 중 소현세자가 귀국한 지 두 달 만에 학질을 앓다가 죽는 일이 발생했다. 그러나 정설은 독살이라 받아들여지고 있다.

강 씨는 소현세자가 죽은 다음 해에 인조의 음식에 독약을 넣었다는 모함을 받아 사약을 받고 죽임을 당했다. 그의 나이 36세였다. 이후 72년이나 지난 1718년 역적이라는 오명을 벗고 복위되어 민회빈(愍懷嬪)이라는 시호를 받았다. 묘는 경기도 광명시 노온사동에 있는 영회원이다.

〈생각하기〉

만약 소현세자와 강빈이 청나라에서 8년이 아니라, 16년쯤 볼모살이를 했다면 어떤 일이 생겼을까요?